이 시대가 원하는 희망과 겸손의 리더십

프란치스코 교황

이 시대가 원하는 희망과 겸손의 리더십

프란치스코 교황

최형미 지음

리얼북스
RealBooks

머리말

닮고 싶은 분, 프란치스코 교황

여러분은 어떤 사람이 되고 싶은가요? 사람들은 대부분 어떤 사람이 되고 싶으냐는 질문을 받으면 훌륭한 사람, 뛰어난 사람이 되고 싶다고 합니다. 저도 어렸을 땐 그랬거든요. 그런데 어느 순간부터 그런 생각이 들었습니다. 다들 열심히, 정말 열심히 사는데 행복해 보이지 않는구나. 우리가 경쟁사회에서 살고 있기 때문입니다. 하나를 가지면 둘을 가져야 하고, 둘을 가지면 셋을 가져야 하니까요. 또 한 계단 높이 올라가면 그다음 계단을 향해 뛰어야 하니까요.

그래서 어떤 사람이 되면 좋을까 고민을 많이 하게 됐습니다. 그러다 남이 알아주지 않아도 행복한 사람이 되고 싶다는 생각을 하게 되었습니다. 행복의 기준을 남이 아닌 내가 세우고 싶었거든요. 남들이 부러워할 만큼 갖지 않아도 내가 가지고 있는 것으로 행복하면 난 행복한 사람이라고 생각합니다.

또한 나만을 위해 살 때보다 누군가 나 때문에 즐거워할 때 느끼는 행복이 더 크다는 것을 알게 되었습니다. 그래서 선물 같은 사람이 되고 싶다는 생각을 했습니다. 선물은 누구에게나 기쁨을 주고 활짝 웃게 만드는 힘을 가졌으니까요.

하지만 선물 같은 사람이 되기는 쉽지 않습니다. 내가 늘 즐거워야 다른 사람한테도 기쁨을 줄 수 있기 때문입니다. 그러한 분이 프란치스코 교황입니다.

언제나 환하게 웃는 자비로운 얼굴, 언제나 겸손한 행동, 따뜻한 마음 씀씀이. 프란치스코 교황에 대해 알면 알수록 놀랍고 존경스럽습니다.

그분이 걸어오신 한 발자국, 한 발자국을 따라가며 가슴이 먹먹해졌어요. 신이 아닌 사람이 이렇게 겸손하고 누구에게나 차별 없이 따뜻하고 자애로울 수 있다는 게 놀라웠습니다.

누구나 노력하면 최고의 위치에 오를 수는 있지만 최고의 위치에서 누구나 프란치스코 교황처럼 할 수 있는 건 아닙니다. 노력한다면 우리 모두 조금은 그분을 닮아갈 수 있지 않을까요.

2014년 여름에
최형미

차례

겸손하고 | 사랑이 많은 아이

1

안녕, 아르헨티나

1800년대 말부터 번성한 아르헨티나에는 이
민 오려는 사람들이 많았다. 아르헨티나라는
나라 이름은 '은'이라는 뜻의 라틴어 아르헨툼
(Argentum)에서 유래했다.

1929년 1월, 찌는 듯한 더위가 한창인 아르헨티나의 부에노스 아이레스 항구. 늘 그렇듯 항구는 떠나려는 사람들과 배웅 나온 사람들로 복잡했다. 곧이어 커다란 뱃고동 소리와 함께 대서양을 건너온 큰 배 한 척이 도착했다.

큰 물결이 일듯 배 안이 술렁거렸다. 드디어 긴 항해를 마치고 목적지에 도착한 것이다. 짐 보따리를 이고 지고 온 사람들은 혹시라도 짐을 배에 두고 내리지 않으려 확인하고 또 확인했다. 아이들과 함께온 가족도 소란 속에 행여나 아이를 잃어버리지는 않을까 조심 또 조심했다.

짐을 챙기는 사람들 가운데 한 여인이 시선을 끌었다. 두꺼운 여우 털 코트를 입은 중년 여인이었다.

"이제 다 왔소. 내립시다."

여우 털 코트를 입은 중년 여인은 남편의 말에 입고 있던 코트를 꼭꼭 여몄다. 사실 더운 날씨와 어울리지 않는 옷차림을 한 건 그녀뿐만 아니었다. 짐 보따리를 들고 배에서 내리는 사람들은 대부분 아르헨티나 날씨와 어울리지 않는 두꺼운 옷차림이었다. 그

중년 여인의 이름은 로사 마르게리타 바살로, 그녀의 남편은 조반니 안젤로.
부부와 함께 온 스물네 살 아들은 마리오 주세페 프란치스코.
그들이 바로 미래의 교황이 될 호르헤 마리오의 조부모와 아버지였다.

들이 떠나온 이탈리아는 계절이 겨울이었으니 당연한 일이었다.

"정말 푹푹 찌는군."
"덥다, 더워. 완전히 한여름이야!"

배에서 내린 사람들은 흘러내리는 땀에 하나둘 외투를 벗었다. 하지만 중년 여인은 여우 털 코트를 벗고 싶은 걸 꾹 참았다. 더운 날씨 때문에 중년 여인 역시 온몸이 땀범벅이었다. 하지만 그녀는 코트를 벗을 수 없었다. 이 여인의 코트 안주머니에는 베르골료 가족이 낯선 땅에서 새 삶을 시작할 밑천이 들어 있었기 때문이다.

이 중년 여인의 이름은 로사 마르게리타 바살로, 그녀의 남편은 조반니 안젤로. 부부와 함께 온 스물네 살 아들은 마리오 주세페 프란치스코. 그들이 바로 미래의 교황이 될 호르헤 마리오의 조부모와 아버지였다.

1800년대 말부터 번성한 아르헨티나에는 이민 오려는 사람들이 많았다. 아르헨티나라는 나라 이름은 '은'이라는 뜻의 라틴어 아르헨툼(Argentum)에서 유래했다. 아르헨티나라는 단어를 처음 사용한 이는 시인 마르틴 델 바르코 센테네라(1535~1602)로 알려져 있다. 스페인 사람인 그는 남아메리카 식민개척에 적극적이었다. 그는 자신의 작품 『아르헨티나와 리오 데 라 플라타의 정복』에서 아르헨티나라는 말을 처음 사용했다.

16세기에 아르헨티나에 처음 온 스페인과 포르투갈의 탐험가들은 아르헨티나에 은이 많이 묻혀 있다고 믿었다. 결국 아르헨티나와 은은 아무 상관이 없다는 사실이 밝혀졌지만 아르헨티나는 '은의 땅(La Argentum)'이라는 이름을 갖게 되었다.

1536년 스페인의 정복자 페드로 데 멘도사는 부에노스아이레스에 도시를 건설했다. 하지만 겨울이 되면 식량이 부족하고 인디언의 저항으로 고생하던 그들은 5년 만에 철수하고 말았다.

그러나 스페인은 1580년 다시 부에노스아이레스 시를 건립하고 계속해서 이민자를 받아들였다. 그들의 노력으로 부에노스아이레스는 점점 발전했다. 부에노스아이레스의 발전은 아르헨티나에 큰 영향을 주었다. 그리고 1816년 호세 산 마르틴 장군의 지휘 아래 스페인으로부터 독립하는 데 성공했다. 이후 아르헨티나는 더욱 발전했다. 포용의 땅, 기회의 땅, 이민자의 나라로 급부상한 아르헨티나는 1914년 부에노스아이레스에 지하철이 다닐 만큼 발전했고 떠오르는 나라가 되었다.

아르헨티나와 달리 유럽은 혼란의 연속이었다. 제1차 세계대전은 많은 것을 앗아갔다. 유럽 경제는 붕괴됐고 전쟁을 겪은 사람들은 엄청난 혼란을 감당해야 했다. 게다가 언제 또다시 전쟁이 닥칠지 모른다는 불안감과 심각한 경제난도 겪어야 했다.

경제적 어려움만 있는 것이 아니었다. 공산혁명에 대한 두려움에 떨어야 했다. 그래서 이탈리아 국민은 무솔리니의 파시스트당을 선택했다. 하지만 국민의 기대와 달리 무솔리니의 파시스트당은 군국주의자들이 주도했다. 결국 이탈리아는 군사력을 이용해 영향력을 확장하고 식민지를 건설하는 제국주의 나라가 되었다. 그래서 이탈리아 국민 중에는 무궁무진한 일자리와 높은 임금이 보장되는 새로운 나라로 떠나는 이들이 늘어났다.

베르골료 가족도 그중 하나였다. 이탈리아의 브리코 마르모리토에서 작은 제과점을 운영하던 베르골료 가족은 이탈리아를 떠나야 할 만큼 형편이 어렵지는 않았다. 하지만 아르헨티나로 먼저 떠난 친척들의 권유도 있었고, 가족은 모여 살아야 한다는 생각에 이민을 결심한 것이다.

배에서 내린 다른 사람들은 항구 근처에 있는 이민자 호텔로 향했다. 그러나 베르골료 가족은 친척들이 있는 엔트레리오스 주의 수도로 다시 떠났다.

"조반니! 어서 와."
"오, 조반니! 무사히 도착했구나."
"주님이 지켜주신 덕분이에요."

오랜 여행에 지친 조반니와 그의 아내, 아들은 자신들을 반겨주는 친척들을 보며 기쁨의 눈물을 흘렸다. 이제 새로운 삶이 시작된 것이다.

조반니 안젤로의 형제 중 셋은 1922년 이미 아르헨티나로 이주해 도로포장 작업을 하는 회사를 운영하고 있었다. 그들 형제는 4층짜리 주택을 지어 각기 한 층씩 나누어 살고 있었다. 이제 막 아르헨티나로 온 조반니 안젤로도 그 주택에서 함께 살게 되었다. 베르골료 저택이라고 불린 이 집에는 파라나 시 최초로 엘리베이터가 설치되었다. 게다가 부에노스아이레스에 있는 엘 몰리노 제과점의 지붕처럼 지붕이 돔형이었다. 그래서 베르골료의 저택은 도시의 명물이 되었다.

하지만 1929년 시작된 세계경제공황을 베르골료 가족도 피해 갈 수 없었다. 떠오르는 나라였던 미국에서 주가가 폭락하며 경제공황이 몰아닥쳤다. 순식간에 세계 물가가 3분의 1로 떨어졌다. 베르골료 가족의 회사도 운영이 어려워졌고, 가족이 자랑스레 여기던 돔 지붕마저 따로 떼어서 팔아야 할 정도가 되고 말았다. 경제적 어려움과 함께 여러 가지 고통도 찾아왔다. 누군가는 아팠고, 누군가는 떠날 계획을 세웠다. 조반니도 고민에 빠졌다.

"난 아무래도 회사를 떠나는 게 좋을 것 같소."

고민 끝에 조반니는 아내에게 자기 결심을 이야기했다. 사장직을 맡고 있던 형제는 암으로 세상을 떠났고, 다른 형제는 브라질로 다시 이민을 떠난 뒤였다. 남은 형제의 노력으로 회사는 다시 살아났지만 형제들이 뿔뿔이 흩어지자 조반니도 가족 회사를 떠나기로 결심한 것이다. 조반니 아내는 조반니의 결정을 존중해 주었다. 조반니도 조반니 아내도 자신들에게 닥친 현실을 부정하거나 원망하지 않았다. 그저 담담히 받아들이고 또 다른 시작을 준비했다.

조반니는 회계사로 일하는 아들 마리오의 도움을 받아 식료품점을 운영하기 시작했다. 아르헨티나에 처음 왔을 때처럼 모든 일을 새롭게 시작한 것이다. 조반니 부부는 실의에 빠지는 대신 더 꿋꿋해졌다. 그게 베르골료 가족의 힘이었다. 결국 조반니 부부는 어려움을 이겨내고 자리를 잡았다.

아버지 일을 도우며 회계사 일을 하던 아들 마리오 주세페 프란치스코는 1934년 아내가 될 마리아 시보리를 만났다.

"아버지, 어머니. 저 아무래도 사랑에 빠진 것 같아요."

어느 날 산 안토니오 살레시오 성당에서 열린 미사에 다녀온 아들 마리오가 말했다. 마리오 부모는 아들의 말에 빙그레 웃었다. 부모는 고향을 떠나 머나먼 타국에 와서 힘든 일을 겪으며 고생만 한 아들이 좋은 사람을 만나 가정을 꾸리길 누구보다 바랐다.

아들 마리오가 사랑에 빠진 아가씨는 마리아 시보리였다. 마리아 시보리는 이탈리아 피에몬테 출신 어머니와 아르헨티나에서 태어난 제노바인의 후손인 아버지 사이에서 태어난 발랄하고 사랑스러운 아가씨였다.

"하느님께서 네 사랑을 축복해 주실 게다."

부모님의 든든한 후원 아래 마리오는 아가씨에게 고백했고, 둘
은 이듬해인 1935년 12월 12일 결혼식을 올렸다.

가족의 사랑과 함께한 어린 시절

훗날 교황이 된 호르헤는 가족의 사랑을 많이 강조했다. 자신이 어린 시절 경험한 가족의 화목과 사랑이 한 인간의 인생에 얼마나 중요한 영향을 미치는지 누구보다 잘 알았기 때문이다.

베르골료 가족처럼 부에노스아이레스로 들어와 사는 이민자들은 포르테노 아르헨티나인으로 불렸다. 조국을 떠나 머나먼 타국에서 살지만 포르테노들은 고향의 문화를 잊지 않으려고 노력했다. 하지만 조국의 문화만 그리워하며 아르헨티나 문화를 거부한 것은 아니다. 그들은 자신들의 문화에 아르헨티나 문화를 받아들여 그들만의 아름답고 독특한 문화를 만들어냈다.

"여보, 우린 곧 부모가 될 거예요. 부디 따뜻하고 다정한 부모가 되기로 해요."

결혼식을 올린 후 마리오 아내는 곧 임신했다. 마리오도, 마리오의 부모도 기쁨에 들떴다.

아르헨티나로 온 지 어느 덧 4년이 지났다. 삶이 안정되어 있었지만 이민자의 삶은 녹록지 않았다. 그래서 가족만큼 든든한 울타리는 없었다. 마리오 부모에게도 첫 손주가 생긴다는 소식은 하느님의 복음처럼 기쁨을 주었다.

마리오 부부는 건강한 아이를 낳기 위해 조심했다. 되도록 좋은 생각을 하고, 좋은 것만 보려고 노력했다. 시간이 흘러 출산일이 가까워졌다.

"여보, 걱정 말아요. 주님이 우리와 함께하실 거예요."

마리오는 진통하기 시작한 아내의 두 손을 꼭 잡아주고는 방을 나왔다.

"하느님, 도와주세요."

마리오는 두 눈을 감았다. 방에서 들리는 아내의 비명이 커질수록 마리오의 기도 소리도 높아졌다. 두 사람이 결혼식을 올린 지 1년 하고 5일이 지난 12월 17일, 드디어 건강한 아기의 울음소리가 집 안에 울려퍼졌다.

"으앙!"

마리아 시보리는 무사히 건강한 아들 호르헤 마리오를 낳았다. 마리아 시보리는 호르헤가 신앙심이 깊고, 정직하고, 다른 사람을 잘 도와주는 따뜻하고 온화한 사람이 되기를 바랐다. 어머니 바람대로 호르헤는 이어서 태어난 동생들을 사랑하며 신앙심이 깊은 착한 아이로 자랐다.

호르헤 마리오가 열한 살이 될 때까지 가족은 플로레스의 아파트에서 살았다. 그곳에는 이탈리아에서 이민 온 사람들이 많았는데 그들 모두 고향의 언어를 잊지 않으려고 노력했다. 그래서 어린 호르헤 마리오는 아르헨티나 공용어인 스페인어와 이탈리아어를 함께 사용했다.

"오, 우리 강아지. 밤새 잘 잤니?"

호르헤 마리오는 할머니의 손길에 눈을 떴다. 호르헤 뒤를 이어 동생들이 계속 태어났기 때문에 호르헤의 조부모님은 아침마다 호르헤의 집에 오셨다. 어린 동생들을 돌보느라 힘든 호르헤의 어머니를 대신해 호르헤를 돌봐주기 위해서였다.

"엄마, 다녀올게요."
"사랑하는 호르헤, 오늘 하루도 할아버지, 할머니랑 즐겁게 보내렴."

"네, 엄마도요!"

호르헤는 나이는 어렸지만 울지 않고 엄마와 헤어졌다. 동생들에게 어머니를 일찍 내주어야 했지만 괜찮았다. 호르헤를 끔찍하게 위해 주고 사랑해 주는 조부모님이 곁에 계셨기 때문이다. 훗날 교황 프란치스코는 어린 시절 조부모님과 함께한 추억이 무척 소중하다고 이야기했다.

"할머니, 오늘도 이탈리아 말 가르쳐주세요."

호르헤는 할머니 댁에서 아침부터 오후까지 반나절가량 함께 지냈다. 웃고 이야기하며 시간 가는 줄 몰랐다. 가끔 이탈리아 말도 배웠다. 호르헤의 할머니, 할아버지는 집에서는 여전히 이탈리아 사투리를 사용했기 때문이다.

호르헤는 할머니, 할아버지와 함께 지내는 시간이 무척 즐거웠다. 할머니, 할아버지가 들려주는 이야기는 모두 호르헤에게 도움이 되었다. 할아버지와 할머니, 아버지가 사셨다는 이탈리아

이야기도 재미있었다.

"할머니, 그 시 또 들려주세요."

호르헤는 특히 할머니의 시낭송을 좋아했다. 할머니는 가끔 이탈리아 토리노 출신의 시인 니노 코스타의 「라사 노스트라나」라는 시를 들려주셨다. 호르헤는 그 시가 마음에 들었다. 어린 호르헤가 청하면 할머니는 눈을 지그시 감고 떠나온 조국을 그리며 시를 들려주곤 하셨다. 이민자들의 고된 삶을 노래한 마지막 부분에서는 할머니의 눈시울이 촉촉해지기 일쑤였다. 어린 호르헤가 다 이해할 수는 없었지만 시 한 구절, 한 구절을 낭독하는 할머니의 마음이 느껴졌다.

마음이 넉넉하고 밝은 할머니는 녹록지 않은 이민자 생활을 잘 이겨내셨다. 어떤 어려움 속에서도 긍정적이고 온화한 마음을 잃지 않은 할머니는 호르헤에게 영향을 많이 주었다. 그래서 호르헤는 교황이 된 뒤에도 할머니가 마음 깊이 남아 있다며 할머니의 고마움을 자주 이야기했다.

어머니도 어린 동생들을 돌보느라 바빴지만 호르헤에게 사랑

마음이 넉넉하고 밝은 할머니는 녹록지 않은 이민자 생활을 잘 이겨내셨다.
어떤 어려움 속에서도 긍정적이고 온화한 마음을 잃지 않은 할머니는
호르헤에게 영향을 많이 주었다.

을 많이 주려고 노력하셨다. 어머니는 호르헤가 예술을 사랑하는 사람으로 자라길 바라셨다. 특히 아름다운 음악을 즐겨 듣는 사람이 되길 바라셨다. 그래서 바쁜 시간을 쪼개어 아이들과 함께 음악을 들었다.

"자, 이제 모두 라디오 옆으로 모여 봐."

매주 토요일 오후 2시, 호르헤와 동생 둘은 어머니와 함께 라디오 주변에 둘러앉았다. 라디오에서 하는 오페라 음악 프로그램을 함께 듣기 위해서였다.

"자, 오늘 감상할 오페라는 아주 슬픈 내용이야."

호르헤의 어머니는 프로그램이 시작되기 전에 오페라의 줄거리를 설명해 주셨다. 진지하게 설명해 주시는 어머니의 이야기 속에는 멋진 사랑도 있고, 슬픈 사랑도 있고, 무시무시한 전쟁도 있었다.

"애들아, 기대해! 이제 주인공이 아주 멋진 노래를 부를 거야. 잘 들어 봐."

주요 아리아가 시작되기 전 어머니의 눈이 반짝반짝 빛났다. 가끔 어린 동생들은 어머니 설명에 귀를 기울이지 않고 딴짓을 하기도 했다.

"쉿! 다들 조용히 해. 이제 곧 범인이 나타날 거야."

하지만 어머니는 야단치는 대신 계속 설명하며 관심을 돌려놓았다. 아직 오페라를 이해하기에는 어렸지만 호르헤는 어머니와 동생들과 함께하는 시간이 무척 즐거웠다. 으리으리한 콘서트홀에서 멋진 배우들이 하는 공연이 아니어도 괜찮았다. 가족이 조그만 라디오 주변에 둘러앉아 오페라를 감상하는 그 시간이 정말 아름답고 행복했다. 좋은 콘서트홀에 가서 값비싼 공연을 보지는 않았지만 매주 토요일 어머니, 동생들과 함께 오페라를 즐긴 시간은 호르헤가 음악과 예술을 사랑하는 사람으로 자랄 수 있게 도와주었다.

"호르헤, 카드놀이 할까?"

"네, 좋아요. 아버지, 오늘은 제가 꼭 이길 거예요."

아버지도 호르헤와 잘 놀아주셨다. 가족을 먹여 살리기 위해 늘 바빴지만 시간이 날 때마다 호르헤와 카드놀이를 해주셨다. 아버지와 함께 브리스카(스페인의 카드놀이)와 여러 종류의 카드놀이를 하는 동안 호르헤는 마음껏 웃고 즐겼다.

아버지는 가끔 호르헤를 자신이 참여하는 농구 클럽에 데려가기도 하셨다. 주일이 되면 온 가족이 함께 산 로렌조 경기장에 가기도 했다. 거기에는 거리에서 배회하는 아이들을 도와주기 위해 살레시오회의 로렌조 마사 신부가 1908년에 세운 축구 클럽이 있었다. 호르헤는 아버지, 남동생과 함께 그곳에서 축구 연습을 하며 즐거운 시간을 보냈다.

조부모님, 부모님과 함께 어린 시절을 즐겁게 보낸 호르헤는 겸손하고, 누구보다 밝고 사랑이 많은 아이로 자라났다. 세상에는 사랑이 넘친다지만 올바로 사랑하며 온화한 성품을 유지하기는 말처럼 쉽지 않다.

하지만 호르헤는 밝고 긍정적인 조부모님과 부모님 덕분에 그

렇게 자랄 수 있었다. 부모가 자녀에게 줄 수 있는 가장 큰 사랑
은 값비싼 선물이나 많은 돈이 아니다. 바로 자녀가 훗날 자신의
어린 시절을 더듬어 볼 때 흐뭇하게 떠올릴 수 있는 추억이다.

　훗날 교황이 된 호르헤는 가족의 사랑을 많이 강조했다. 자신이
어린 시절 경험한 가족의 화목과 사랑이 한 인간의 인생에 얼마
나 중요한 영향을 미치는지 누구보다 잘 알았기 때문이다.

요리에서 존재의 소중함을 알다

요리를 맛있게 완성하려면 어느 것 하나 중요하
지 않은 것이 없다. 채소 하나가 음식 맛을 좌우
하기도 한다. 요리 재료처럼 사람도 그렇다. 세상
어떤 사람도 모두 소중하므로 존중받아야 한다.

요리를 맛있게 완성하려면 어느 것 하나 중요하지 않은 것이 없다.
채소 하나가 음식 맛을 좌우하기도 했다. 요리 재료처럼 사람도 그렇다.
세상 어떤 사람도 모두 소중하므로 존중받아야 한다.

1943년 호르헤는 안토니오 체르비뇨 초등학교에 입학했다. 호르헤는 매우 영리했고 학교 성적도 좋았다. 특히 산수, 기하학, 역사, 지리, 미술 등에서 좋은 성적을 거두었다. 이때는 시험 성적을 점수나 등급으로 매기지 않고 '충분', '불충분'으로 매겼다. 호르헤는 여러 과목에서 '충분'하다는 평가를 받았다.

호르헤는 공부하는 것이 즐거웠다. 물론 머리가 지끈지끈 아플 때도 있었지만 학교 수업을 성실하게 들었다.

"이 녀석, 계단을 한꺼번에 두 개씩 오르면 위험하다고 했지!"
"헤헤, 조심할게요."

하지만 늘 계단을 두 개씩 뛰어올라 선생님들에게 야단을 맞는 개구쟁이이기도 했다. 친구들과도 사이좋게 지냈다. 여러 형제와 어울려 자란 호르헤는 친구들에게 양보도 잘하고 늘 겸손해했다.

"호르헤, 어서 오너라. 오늘도 즐거웠니?"
"네. 오늘도 아주 즐거웠어요. 어머니는 어땠어요?"

학교 수업이 끝나고 집으로 돌아오면 호르헤는 가장 먼저 어머니를 살폈다. 어머니가 막내 동생을 낳은 뒤 많이 아팠기 때문이다. 다리에 마비 증상이 온 어머니는 거동이 불편해 대부분 앉아서 생활하셨다.

어머니가 아프면 가족에게 고통의 그림자가 어리기 마련이다. 하지만 호르헤 가족은 그렇지 않았다. 아픈 어머니를 위해 호르헤도, 동생들도 더 밝게 생활했다. 호르헤는 학교 수업이 끝나면 곧장 집으로 돌아와 어머니를 도와 집안일을 거들었다.

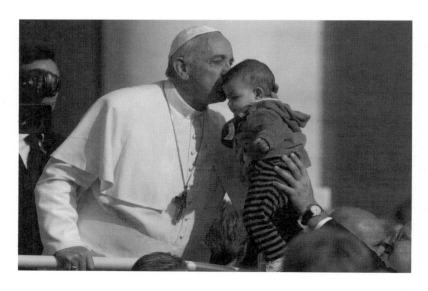

요리에서 존재의 소중함을 알다

"어머니, 오늘 저녁에는 어떤 요리를 할 거예요?"
"응, 오늘은 닭요리를 해볼까 해."
"우와, 닭요리요? 정말 맛있겠어요."

호르헤가 특히 즐거워한 일은 어머니를 도와 저녁 준비를 하는 것이었다.

"그럼, 가방 가져다놓고 손 씻고 올게요."

어머니가 재료를 준비해 두면 호르헤는 동생들과 함께 음식을 만들었다. 이런 경험은 호르헤가 나중에 혼자 생활할 때 큰 도움이 되었다. 신학교 학장 시절에도, 추기경 시절에도 호르헤는 직접 요리를 해먹었기 때문이다.

"자, 이제 끓는 물에 재료를 모두 넣으면 오늘 저녁 요리는 완성이야! 호르헤 요리사님, 오늘도 정말 수고했어요!"
"호호, 뭘요. 동생들도 많이 거들었는걸요."

호르헤는 고사리 같은 손으로 재료를 손질해 어머니가 시키는 대로 요리를 했다. 한창 뛰어놀 나이에 귀찮을 법도 했지만 호르헤는 어머니를 도와 요리하는 것이 즐거웠다. 요리하면서 많은 것을 배우고 느낄 수 있었다. 여러 가지 재료가 모여 맛있는 요리가 되는 과정이 신기했다. 요리를 맛있게 완성하려면 어느 것 하나 중요하지 않은 것이 없다. 채소 하나가 음식 맛을 좌우하기도 한다. 요리 재료처럼 사람도 그렇다. 세상 어떤 사람도 모두 소중하므로 존중받아야 한다. 동생들과 웃고 떠들며 요리하는 시간에도 호르헤는 많은 것을 배우고 느꼈다.

열두 살이 된 호르헤에게 첫사랑이 찾아왔다. 호르헤의 마음을 빼앗은 소녀는 아말리아 디몬테였다. 소녀를 생각하면 누군가 간지럼을 태우는 것처럼 웃음이 나왔다. 호르헤는 소녀와 함께 웃고 뛰노는 시간이 무척 소중하고 즐거웠다.

호르헤는 작고 귀여운 아말리아에게 마음을 고백하기로 했다. 호르헤는 소녀에게 주려고 정성껏 그림을 그렸다. 커다랗고 하얀 집을 그리고 지붕도 빨갛게 색칠했다. 동화에 나오는 집처럼 예뻤다. 어른이 되면 소녀와 그 집에서 살고 싶었다.

요리에서 존재의 소중함을 알다

"우리가 결혼하면 난 이런 집을 지어서 너와 함께 살 거야. 하지만 네가 나와 결혼하지 않겠다고 하면 난 신부가 될 거야."

호르헤는 제법 당찬 고백이 담긴 편지도 썼다. 신부가 되겠다는 생각은 다소 즉흥적이었다. 하지만 장난기만으로 그런 고백을 한 것은 아니었다. 호르헤에게 세례를 해주신 신부님이나 매주 미사를 드릴 때 뵙는 신부님 모습이 늘 호르헤의 마음에 남아 있었다. 그래서 아말리아에게 간절히 고백하고는 고백을 거절당하면 신부가 되겠다는 생각을 어렴풋이 한 것이다. 호르헤는 어렸지만 범상치 않은 모습을 갖고 있었다.

하지만 편지를 읽은 소녀는 아무 말이 없었다. 호르헤는 몹시 궁금했다. 소녀도 호르헤를 좋아하는 눈치였다. 그런데 왜 소녀가 답을 하지 않는지 궁금하기도 하고 걱정도 되었다.

며칠 후 호르헤는 소녀에게서 절망적인 이야기를 들었다.

"우리 부모님이 네 편지를 찢어버리셨어. 그리고 너와 다시는 만나지 말라셔. 앞으로 너를 다시 만나지 않을 거야."

소녀의 보수적인 부모님이 호르헤 편지를 찢어버리고는 소녀
에게 다시는 호르헤를 만나지 말라고 하셨다고 했다. 호르헤는
몹시 슬펐다. 찢어진 것이 편지와 그림이 아니라 마음이라는 생
각이 들었다.

하지만 누구나 그렇듯이 시간이 지나니 영원히 아플 것만 같던
마음도 서서히 치유되었다. 호르헤는 누구보다 밝고 사랑이 많은
아이였기 때문이다.

요리에서 존재의 소중함을 알다

일하면서 성실성을 배우다

일하면서 얻는 성취감은 돈을 주고도 살 수 없
다. 학교에서 배우는 것과는 다른 배움에 호르
헤는 많은 것을 느끼고 성장할 수 있었다.

호르헤 부모님은 호르헤가 일하면서 여러 사람을 만나
배우고 이겨내며 성장하기를 바라셨다.
훗날 호르헤가 따뜻하지만 엄격하고 온화하지만
소신 있고 소탈한 성격을 갖게 된 것은 이런 부모님의 영향이 컸다.

"호르헤, 너도 이제 중학교에 가야 하니 일을 시작하는 것이 좋겠다."

호르헤는 아버지 말씀에 깜짝 놀라 아버지를 쳐다보았다. 아버지의 월급으로 호르헤 가족은 어려움 없이 살았다. 아주 넉넉해서 자가용을 굴리고, 여름마다 휴가를 떠날 정도는 아니었지만 어린 호르헤가 일해야 할 정도로 어렵다는 생각은 해본 적이 없었다. 그래서 일하라는 아버지 말씀이 당황스러울 수밖에 없었다.

호르헤 아버지는 다정하고 따뜻한 분이었지만 호르헤를 강하게 기르고 싶어하셨다. 아버지는 머나먼 타국으로 이민 와서 자리 잡기까지 고생을 많이 하셨다. 게다가 계속된 전쟁과 경제공황, 정치적 혼란은 삶에 대해 많은 생각을 하게 했다.

호르헤 아버지는 자식들이 올바른 삶을 살기 바라셨다. 올바른 삶은 공부만 많이 한다고 되는 것은 아니었다. 호르헤 부모님은 호르헤가 일하면서 여러 사람을 만나 배우고 이겨내며 성장하기를 바라셨다. 훗날 호르헤가 따뜻하지만 엄격하고 온화하지만 소신 있고 소탈한 성격을 갖게 된 것은 이런 부모님의 영향이 컸다.

일하면서 성실성을 배우다

"회계 업무를 봐주는 직물 공장이 있는데 그곳에서 일을 시작해 보렴. 일을 하다 보면 배우는 것이 무척 많을 게다."

호르헤는 아버지 말씀에 따랐고 아버지의 선택은 옳았다. 호르헤는 일하면서 정말 많은 것을 배웠다.

호르헤는 아버지가 회계 일을 해주는 직물 공장에서 일을 시작했다. 호르헤는 그곳에서 청소를 도맡아 하며 용돈을 벌었다. 어머니를 도와 집안일을 해보았기 때문에 벽찰 만큼 힘들지는 않았다. 오히려 아버지 말씀처럼 일하며 배우는 것이 많았다. 일하면서 얻는 성취감은 돈을 주고도 살 수 없다. 학교에서 배우는 것과는 다른 배움에 호르헤는 많은 것을 느끼고 성장할 수 있었다. 일은 인간에게 존엄성을 갖게 해준다는 깨달음은 호르헤가 훗날 사제가 된 뒤에도 영향을 많이 끼쳤다.

"호르헤 군. 이제부터는 회사의 관리 업무를 맡아주게."

일을 시작한 지 3년이 지나자 호르헤는 청소 대신 관리 업무를 맡게 되었다. 성실함을 인정받은 것이다. 그사이 호르헤는 중학교를 졸업하고 식품 화학을 전공하는 공업학교에 진학했다.

"이제 아침 7시에 출근해서 오후 1시까지 관리 업무와 회사 운
영을 도와주게."

호르헤는 고등학교에 진학한 뒤에는 아침 7시부터 오후 1시까
지 회사에서 일하고 오후 2시부터 8시까지는 학교에서 공부했다.
점심을 먹으며 쉬는 시간이 한 시간밖에 되지 않는 빡빡한 생활
이었지만 호르헤는 자신을 단련하는 데 도움이 많이 된다고 생
각했다. 특히 일하며 인간의 장단점을 두루 배우고 생각하는 경
험을 호르헤는 소중하게 생각했다. 게다가 직장 상사인 파라과이
사람 에스테르 발레스트리노 데 카라에가는 호르헤에게 가르침
을 많이 주었다.

"호르헤, 벌써 다 한 거야? 정말 빠른데."

그녀는 호르헤가 분석 자료를 가져다주면 꼼꼼히 살펴본 뒤에
이렇게 말했다.

"그런데 호르헤, 이 부분은 측량을 하지 않은 것 같은데, 맞니?"

"안 했어요. 뭐 하러 또 측량해요. 위에서 측량을 다 했으니까 그 아래 값은 대략 맞게 나올 텐데요."

그녀는 화를 내지는 않았지만 단호하게 호르헤의 잘못을 짚어 주었다.

"오, 아냐. 호르헤. 모든 일은 정확히 해야지. 일에 대략이란 없어."

호르헤는 그녀에게서 일할 때 갖춰야 할 성실함을 배웠다. 하지만 호르헤는 안타깝게도 몇 년 뒤 고마운 그녀를 다시는 만날 수 없게 되었다. 독재 정권 말기에 그녀는 딸, 사위와 함께 납치되었다가 살해되었기 때문이다.

호르헤는 훗날 교황이 된 뒤에도 일의 중요성에 대해 많이 얘기했다. 하지만 호르헤는 일만 아는 일 중독자는 아니었다. 호르헤는 여가의 즐거움도 알고 있었다. 어린 시절부터 부모님과 함께 카드놀이와 음악을 즐겼다.

일과 학교 공부를 병행하느라 바쁜 나날 중에도 호르헤는 틈틈이 친구들과 즐거운 시간을 보냈다. 주일에는 산 호세데 플로레스 성당에 나가 미사를 드렸고, 친구들과는 탱고와 밀롱가 같은 춤을 추러 다녔다.

아르헨티나 하면 사람들은 대부분 단번에 탱고를 떠올릴 것이다. 1860년경 부에노스아이레스에서 생겨난 탱고는 이민자 수백만 명의 향수를 달래주었다. 곧이어 춤에 맞춰 생겨난 음악과 어우러져 탱고는 아프리카적 요소와 스페인적 요소가 녹아든 4분의 2박자의 경쾌한 춤곡이 되었다.

이민자들과 부두 노동자들의 그리움과 외로움이 뒤섞여 만들어진 탱고. 정열적이고 경쾌한 춤곡인 탱고는 바이올린, 피아노, 작은 아코디언인 반도네온 연주에 맞춰 많은 사람에게 사랑을 받았다.

호르헤 역시 탱고의 매력에 흠뻑 빠져들었다. 호르헤는 신나게 춤추면 안에서 무언가 올라오는 것 같은 느낌이 들었다. 호르헤는 항상 반듯하고 온화했지만 음악이 시작되고 탱고를 추기 시작하면 그 누구보다 정열적으로 되었다.

프란치스코 교황님과
함께 이야기 나누어요

다문화 가정

프란치스코 교황님께

프란치스코 교황님!

안녕하세요? 저는 대한민국에서 사는 열네 살 된 아미라고 해요. 중학교 1학년이고요.

저는 성당에 다니지는 않지만 텔레비전을 보고 교황님을 알게 되었어요. 교황님에 대해 알게 된 후 교황님을 꼭 만나보고 싶다는 생각이 들었어요. 교황님은 따뜻하고 누구에게나 친절하고 이야기도 잘 들어주신다면서요?

제가 교황님께 편지를 쓰게 된 건 교황님에 대해 알게 되고 놀란 것이 있어서예요. 교황님 부모님은 이탈리아 사람인데 교황님은 아르헨티나에서 태어나셨다면서요? 교황님이 이민자 가정에서 태어난 것을 알고 교황님께 제 고민을 털어놓고 싶다는 생각이 들었어요. 그래서 이렇게 편지를 쓰게 되었어요. 저에게 고민이 한 가지 있거든요.

교황님, 저는 교황님처럼 이민자 가정에서 태어나지는 않았어요. 하지만 일본인 엄마와 한국인 아빠 사이에서 태어났어요. 어떤 친구들은 저를 보고 혼혈이라고 하고, 어떤 친구들은 놀리듯이

튀기라고 하고, 어떤 친구들은 다문화 가정 아이라고 해요.

다행히 저는 외모가 한국 친구들과 크게 다르지는 않아요. 그래서 처음 보거나 겉모습만 보았을 때는 엄마가 외국인이라는 사실을 눈치 채지 못하기 때문에 크게 놀림받지는 않아요. 하지만 저처럼 다문화 가정 친구들 중에는 겉모습이 달라서 놀림받는 친구들이 많아요.

저랑 같은 학교에 다니는 태호만 해도 그래요. 태호네 엄마는 아프리카 사람이래요. 태호네 엄마, 아빠는 서로 정말 사랑하고 화목하게 살아요. 하지만 엄마를 닮아 피부색이 까만 태호는 사람들의 따가운 시선 때문에 힘들어 해요. 친구들은 깜씨라고 놀리고요.

태호는 정말 밝고 착한 아이예요. 친구를 괴롭히거나 놀리지도 않고요. 그런데 엄마가 외국인이라는 이유만으로 친구들이나 사람들에게 따가운 시선을 받고 놀림을 받아요.

사실 저도 그래요. 제가 다문화 가정 아이라는 것을 몰랐을 때는 사이좋게 지내다가도 우리 엄마가 일본인이라는 사실을 알게 되면 태도가 바뀌는 친구들이 많아요. 일본은 나쁜 나라래요. 친구들이 저와 엄마를 향해 나쁜 말을 하면서 일본으로 돌아가라고 할 때는 좀 속상해요.

　저도 역사책을 읽어서 한국과 일본의 관계는 알고 있어요. 엄마는 일본이 과거에 저지른 잘못에 대해서 미안해하고 부끄러워하는 분이세요. 그래서 봉사도 많이 하세요. 물론 용서를 빈다고 해서 잘못이 사라지는 것이 아니라는 것은 알아요. 또 독도 문제나 일본군 위안부 할머니들 문제에 대해서도 일본 정부가 아직도 사과하지 않은 것도 알아요. 하지만 제가 일본인 엄마를 두었다는 이유만으로 친구들에게 놀림을 받거나 따돌림을 받을 때는 너무 속상해요. 그래서 전 언젠가부터 엄마가 일본 사람이라고 말하지 않아요. 외할아버지와 외할머니가 계신 일본에 가는 것도 싫고요.

　제가 생각하기엔 다문화 가정 친구들에게는 장점도 많아요. 그런데 왜 따가운 시선을 받고 놀림을 받아야 하는지 이해할 수 없어요.

　프란치스코 교황님, 피부색이 다르다는 이유로 혹은 외모가 다르다는 이유로 또는 저처럼 과거의 관계 때문에 어려움을 겪는 다문화 가정 친구들을 위해 기도해 주세요.

아미에게

아미, 안녕?

프란치스코 교황이에요. 아미 편지를 읽고 마음이 아팠어요. 아미가 어떤 고통을 겪는지, 얼마나 속상할지 알 것 같아요. 그래서 아미에게 도움이 되고자 친구들에게 다문화 가정 친구들 이야기를 들려주기로 했어요.

내 이야기를 듣고 아미도, 다문화 가정에 대해 차가운 시선을 갖고 있는 친구들도 모두 도움이 되었으면 좋겠어요.

여러분, 안녕?

난 여러분의 친구 호르헤 신부랍니다. 프란치스코 교황이라고 불러도 좋아요. 어떻게 불러도 상관없어요. 어떻게 부르든 난 여러분의 친구니까요.

나는 아르헨티나에서 태어났어요. 하지만 이탈리아 사람이랍니다. 왜냐고요? 내가 태어나기 전에 우리 아버지와 할아버지, 할머

니가 이탈리아에서 아르헨티나로 이민을 오셨거든요. 어머니 쪽
도 이탈리아에서 이민을 오셨다고 하고요.

그래서 난 아르헨티나에서 태어났고 아르헨티나 국적을 가지고
있지만 이탈리아 문화와 이탈리아 언어도 잘 알고 있어요. 태어나
고 자란 아르헨티나 문화와 언어 그리고 조부모님과 부모님께 보
고 배운 이탈리아 문화와 언어를 함께 배우며 자란 셈이지요. 그
래서 좋은 점이 많아요.

물론 이민자 가정에는 어려운 점이 많아요. 자신이 태어나 오랫
동안 살아온 고국을 떠나 낯선 곳에 정착해 살아야 하니까요. 당
연이 낯설기도 하고, 타국의 문화를 받아들이고 배우고 익숙해지
기까지 혼란스러운 점도 많지요.

하지만 잘 적응해낸 이민자들은 고국의 문화를 잊지 않고 또
이민 간 나라의 문화를 잘 받아들여 어울림의 문화를 만들어내는
경우도 많아요.

다문화 가정도 그렇지 않을까요? 각자의 문화만 고집하지 않
고 가족이라는 사랑의 울타리 안에서 함께 살기 때문에 여러 문
화를 배울 수 있어요.

글로벌 사회에선 더욱 그렇겠지요. 그래서 난 다문화 가정에서

자라난 어린이와 청소년은 장점이 무척 많을 것이라고 생각해요. 우리 친구들 생각은 어떤가요?

　우리 친구들이 다문화 가정에 대해 많이 오해하고 있는 것 같아요. 그래서 다문화 가정에 대해 알려주려고 해요.

💬 다문화 가정이란?

다문화 가정은 한 가정 내에 다양한 문화가 공존하는 가정을 말해요. 국제결혼을 하거나 서로 다른 인종의 부부 사이에서 자녀가 태어나 가정을 이루게 되면 자연스레 한 가정 내에 다양한 문화가 공존하게 되겠지요?

💬 다문화 가정에 대한 시선

외국의 경우 이민정책을 국가가 주도하는 경우가 많아요. 내가 태어나서 자란 아르헨티나도 그랬답니다. 그런 경우에는 다문화 가정이 워낙 많아서 다문화 가정에서 태어난 아이들이 놀림을 받거나 따돌림을 받는 일이 많지는 않을 거예요.

또 어떤 나라는 워낙 많은 인종이 섞여 살아가기 때문에 자신과 겉모습이 다른 것에 크게 신경 쓰지 않고요. 미국에서도 무척 다양한 인종과 국가의 사람이 어울려 살아가잖아요.

그런데 아미가 살고 있는 한국은 경우가 좀 다른 것 같아요. 워낙 오랫동안 단일민족이라는 것을 자랑으로 여기며 살았고, 외국인이 한국에 들어온 역사를 살펴보면 침략과 연관 지어 생각하는 경우가 있더라고요. 오랫동안 중국과만 교류했고 일본과는 아픈 역사가 있었고요.

서양인에 대해서도 안 좋은 기억을 많이 갖고 있더라고요. 외모에서 오는 이질감 때문인 것 같기도 하고요.

하지만 여러분, 한국 역사를 살펴보면 이민자도 많았고, 한국에 뿌리 내린 외국인도 많았답니다. 특히 국제결혼의 역사를 살펴보려면 무려 가야시대로 거슬러 올라가야 한답니다. 가야의 김수로왕이 국제결혼을 했거든요. 기록에 따르면 김수로왕의 부인 허황옥은 인도에서 왔다고 해요. 놀랍죠?

그리고 신라시대에 살았다는 처용은 아라비아에서 온 사람이었을 거란 기록이 남아 있대요. 신라 원성왕의 무덤이라고 알려진 경주에 있는 괘릉의 무인상이 아라비아 사람과 닮았다는 주장도 있고요.

참, 고려 이야기도 빼놓을 수 없어요. 고려 때 귀화한 외국인이 무려 17만 명에 달했다는 기록이 있다고 하거든요. 게다가 예성강 하류에 있던 벽란도는 고려의 중요한 무역항으로, 송나라를 비롯해 아라비아 상인들까지 드나들었다고 해요.

아미가 들으면 좋아할 이야기도 있어요. 조선시대 때 조선으로 귀화한 일본인이 있거든요. 김충선이라는 이름으로 귀화한 이 일본인은 조선 문화에 반해서 조선으로 귀화했다고 해요. 선조 임금은 조선을 생각하는 이 일본인의 마음에 감동받아 직접 '충선'이라는 이름을 내려주었대요. 이후 조선에 조총 기술을 가르쳐주는 등 조선을 사랑하는 마음으로 조선에 도움 되는 일을 많이 했대요. 일본이 조선을 침략하고 36년간 식민통치를 한 것은 사실이지만 모든 일본인이 조선 침략이나 식민 정치에 찬성한 것은 아니에요. 그러니 아미 양, 조금 더 당당해져도 될 것 같아요.

자, 어떤가요? 한국에 외국인이 들어와 가정을 꾸리고 함께 산 역사가 생각보다 오래되었지요? 다문화에 대한 부정적 시각을 다양성과 어울림이 함께하는 좋은 문화라고 긍정적으로 바꿔 보세요. 다문화 가정 친구들은 다양한 문화를 한꺼번에 배우면서 자란데다가 두 문화가 섞여서 형성된 자신들만의 가족 문화를 갖고 있기 때문에 가능성이 무궁무진한 새로운 시대의 주역이 될 수도 있답니다.

이제 편견과 오해의 시선을 벗어던지고 주변에 다문화 가정 친구가 있다면 먼저 손을 내밀어 보세요.

💬 **함께 생각해 봐요**

다문화 가정 친구들을 어떻게 생각하나요? 다문화 가정 친구들이 당당하게
생활할 수 있도록 돕는 방법에는 어떤 것들이 있을까요?

생각하고 또 생각하다

자신에게 주어진 길을

2

종교적 소명이 싹트다

고해소로 한 발짝씩 내디딜 때마다 이상하게 호
르헤의 심장이 심하게 뛰었다. 익숙한 장소로
향하는데 두렵기도 하고 벅차기도 한 알 수 없
는 감정이 호르헤의 마음을 심하게 뒤흔들었다.

1953년 열일곱 살이 된 호르헤는 보통 청소년처럼 평범하지만 소중한 나날을 보내고 있었다. 낮에는 회사에서 일하고 밤에는 공부해야 해서 쉴 틈 없이 바빴지만 보람 있고 즐거웠다.

하루 24시간은 쓰기에 따라 얼마든지 늘어날 수도 있고 줄어들 수도 있었다. 게으름을 피우며 빈둥빈둥 보내는 사람에겐 하루하루가 무의미하고 지루하지만 호르헤처럼 시간을 쪼개 쓰며 노력하면 하루하루가 의미 있고 소중한 법이었다.

"호르헤, 오늘 약속 잊지 않았지?"

호르헤는 모처럼 아침부터 여유를 부리며 친구와 전화 통화를 했다. 오늘은 회사에도 가지 않고 학교에도 가지 않는다.

"그럼, 당연하지. 오늘은 회사도 학교도 쉬는 날이니 즐겁게 보내자고."

친구와 통화하는 호르헤의 목소리가 밝았다. 아르헨티나에서 9월 21일은 학생의 날이자 봄의 날이다. 1년에 한 번뿐인 이날,

종교적 소명이 싹트다

호르헤는 친구들과 만나 축제를 즐기기로 했다.

아르헨티나도 다른 나라들처럼 학생의 날을 정해 학생들을 위해 기념하는 행사를 열었다. 남반구인 아르헨티나의 9월은 한국의 봄 날씨 같아 축제하기에 안성맞춤이다. 이날만큼은 호르헤도 다른 학생들과 마찬가지로 신나게 축제를 즐기곤 했다.

"호르헤, 오늘은 날씨가 참 좋구나. 친구들과 재미있게 보내다오렴."

가벼운 옷차림으로 집을 나서는 호르헤를 보며 어머니는 환하게 웃으셨다. 어린 나이에 일을 시작했지만 투정 한 번 하지 않고 부모님 뜻을 존중하고, 동생들을 사랑으로 돌보는 호르헤. 어머니는 주어진 환경을 잘 받아들이며 항상 밝고 따뜻한 호르헤를 보면 든든하다는 생각이 들었다.

'친구들을 만나기 전에 성당에 먼저 들르는 것이 좋겠어.'

친구를 만나러 가는 길에 문득 호르헤는 성당에 들러야겠다는 생각이 들었다. 여자 친구에게 결혼해 주지 않으면 신부가 되겠다는 고백을 했을 때처럼 즉흥적이었지만 알 수 없는 강한 느낌이 호르헤를 성당으로 이끌었다.

1942년 첫 영성체를 받은 이후 호르헤는 산 호세데 플로레스 성당에 다녔다. 하지만 바쁜 나날을 보내다 보면 주일에 미사 보러 잠깐 오는 것 빼고는 성당에 올 시간이 없었다. 열일곱 살 소년 호르헤는 신앙심이 확고하지는 않았지만 성당에 오면 늘 마음이 편했다.

'어, 저분은 누구지? 처음 보는 분인데.'

성당에 간 호르헤는 그동안 한 번도 본 적 없는 신부님을 보았다.

'새로 오신 분인가?'

그런데 이상했다. 그 신부님을 보는 순간 호르헤는 심장이 덜컥 내려앉는 기분이 들었다. 하지만 심장이 쿵쾅쿵쾅 뛰면서도 긴장되는 것이 아니라 오히려 마음이 편해지고 차분해졌다. 뭐라

설명할 수 없는 감정에 휩싸인 호르헤는 신부님을 그냥 지나칠
수 없었다.

"신부님, 잠깐만요."
"네, 형제님. 무슨 일이죠?"

호르헤의 부름에 신부님이 환하게 웃으며 대답했다. 호르헤는
신부님과 더 깊은 이야기를 나누고 싶다는 생각이 들었다. 낯선

분이었지만 말로는 표현할 수 없는 강력한 끌림이 자꾸 그 신부님 곁으로 호르헤를 이끌었다.

"저, 신부님."
"네, 편히 이야기해 보세요."
"저, 신부님께 고해성사를 하고 싶어요."

신부님은 하던 일을 멈추고 잠시 호르헤를 바라보았다. 호르헤의 눈빛은 무언지 모를 떨림으로 가득 차 있었다. 처음 본 신자들이 고해성사를 청하는 일은 흔했다. 신부님은 미소 띤 얼굴로 고개를 끄덕였다.

"곧 준비하겠습니다. 고해소로 오세요."

신부님이 앞장서서 걸었다. 호르헤는 알 수 없는 두근거림에 몸을 맡기며 신부님을 따라 고해소로 갔다. 그런데 고해소로 한 발짝씩 내디딜 때마다 이상하게 호르헤의 심장이 심하게 뛰었다. 익숙한 장소로 향하는데 두렵기도 하고 벅차기도 한 알 수 없는 감정이 호르헤 마음을 심하게 뒤흔들었다.

"형제님, 시작하겠습니다."

호르헤와 신부님은 십자성호를 긋고 고해성사를 시작했다. 짧은 시간이었지만 고해성사 내내 알 수 없는 감정이 호르헤를 혼란스럽게 했다. 신부님과 이야기할수록 강렬한 믿음이 호르헤를 사로잡았다. 그동안 하느님의 자녀로 살아왔지만 호르헤는 늘 스스로 믿음이 부족하다고 생각했다. 하지만 신부님과 이야기할수록 이상하게 신앙심에 확신이 생기고, 어떤 종교적 소명 같은 것이 꿈틀대기 시작했다.

"주님께서는 당신의 죄를 용서하셨습니다. 주님의 자비는 영원합니다. 아멘."

서서히 시작된 두근거림은 고해성사를 마치고 나오자 절정에 이르렀다. 신부님이 아멘을 외치자 호르헤의 눈가가 촉촉하게 젖어들었다.

고해소 밖으로 나온 호르헤는 누군가의 말소리를 들었다. 분명 고해소를 나왔으니 신부님 목소리는 아니었다.

"성 이냐시오 로욜라를 본받아 그를 따르라."

호르헤의 심장이 말하고 있었다. 아니, 하느님이 호르헤의 심장을 통해 말하고 계셨다. 호르헤는 잠시 현기증이 났다. 천천히 의자로 가서 앉았다. 어느새 딴 곳으로 가셨는지 신부님은 보이지 않고 성당 안에는 호르헤밖에 없었다. 마음이 좀 진정되자 고개를 들었다. 십자가에 매달린 예수님이 정면에 보였다. 호르헤의 가슴 깊은 곳에서 무언가 뜨거운 것이 울컥 올라왔다.

'오랫동안 나를 기다리던 누군가를 만난 느낌이야.'

호르헤는 약속 시간이 가까워졌지만 친구들을 만나러 가지 않았다. 그 대신 더 차분히 생각에 잠겼다. 왜 하느님께서 부르셨는지, 왜 그 신부님을 만나게 했는지 곰곰이 생각에 빠졌다.

끊임없이 자신에게 질문을 던지다

호르헤는 나약함과 부족함을 깨우치지 못하는
사람은 조금도 성장할 수 없다고 생각했다. 하
지만 자신의 나약함과 부족함을 깨닫기는 쉬운
일이 아니었다. 호르헤는 사색의 시간을 보내며
성장통을 겪었다.

"호르혜, 무슨 일이니? 왜 벌써 돌아온 거야?"

축제를 즐기고 있어야 할 시간에 집으로 돌아온 호르혜를 보고 어머니는 의아해하셨다. 얼굴이 약간 상기된 호르혜는 어머니 말씀에 웃으며 대답했다.

"아무 일도 없어요. 방에 들어가서 쉴게요."

어머니는 호르혜의 표정에서 아무것도 읽을 수 없었다. 약간 상기되기는 했지만 큰일을 겪은 사람처럼 표정이 어둡거나 화가 나 있거나 슬퍼 보이지 않았다. 어머니는 호르혜가 피곤해한다고 생각하고 혼자 쉴 수 있도록 배려했다.

호르혜는 방으로 들어와 겉옷을 벗고 침대에 앉았다. 아무 일도 없는 듯 보였지만 호르혜 마음속에서는 아주 큰일이 일어나고 있었다. 성당에서 들은 하느님 음성이 계속 호르혜의 귓가를 맴돌았다. 하느님의 자비로운 모습도 머릿속에서 떠나지 않았다.

'어떻게 해야 할까?'

호르헤는 밝고 명랑하면서도 꽤 신중한 편이었다. 방금 전 일어난 특별한 체험을 어떻게 받아들여야 할지 고민됐다. 호르헤는 하느님의 부르심을 거부할 생각은 없었다. 하지만 당장 결정하기도 어려웠다. 호르헤에게 종교적 소명에 대해 확신이 없는 것은 아니었다. 그러나 방향을 명확하게 잡았다고 확신할 수도 없었다. 까다로운 수학 문제를 푸는 것처럼 머릿속이 복잡했다. 하지만 결정하는 일은 오롯이 호르헤의 몫이었다.

"호르헤, 요즘은 춤추러 안 가니? 친구들도 통 안 만나는 것 같아."
"혼자 생각할 게 좀 있어서요."
"무슨 고민이라도 있니?"
"아니에요. 걱정하지 마세요."

호르헤는 어머니의 걱정에 환한 미소로 대답했다. 어머니는 호르헤가 웃는 모습을 보니 안심이 되었다. 하지만 요즘 들어 호르헤가 혼자 보내는 시간이 필요 이상으로 길다는 생각을 떨칠 수 없었다. 사람들은 대개 큰 고민이 있으면 혼자 있고 싶어한다. 호르헤에게 어떤 고민이 생겼을까? 무슨 고민인데 아무에게도 말하지 않을까? 어머니는 호르헤에게 무슨 일이 일어나고 있는지 알 수 없어 답답해했다.

속 깊은 호르헤는 청소년기를 지나오며 한 번도 부모님을 속상하게 하거나 걱정시킨 적이 없었다. 일과 학업을 병행하며 힘든 일이 많았을 텐데도 투정을 부리거나 불만을 표현한 적이 없었다. 호르헤는 바쁜 시간을 쪼개 친구들과 탱고를 즐기고, 축구를 하고, 주일엔 열심히 미사를 올렸다. 그런데 요즘 호르헤는 사람들을 만나는 대신 혼자 방에 틀어박혀 있을 때가 많았다.

아무 일 아니라고 어머니를 안심시키기는 했지만 어머니가 이상스레 여길 만큼 외출을 삼간 것은 사실이다. 그렇다고 모두 걱정할 만한 일은 없었다. 호르헤의 신상이나 마음에 큰 변화가 생긴 것은 아니었기 때문이다. 호르헤는 여전히 온화하고 따뜻했다. 조부모님이나 부모님을 잘 공경했으며 동생들에게도 따뜻했다.

아침이 되면 회사에 갔다가 오후에는 학교 수업을 열심히 들었다. 그즈음 고등학교를 졸업한 호르헤는 회사도 옮겼다. 호르헤는 직물 공장을 그만두고 전공을 살려 식품영양분석실에 취직했다. 그사이 대학에도 입학했다. 성적이 좋았던 호르헤는 부에노스아이레스 대학교에 입학해 화학을 전공했다.

호르헤는 끊임없이 자신에게 질문을 던졌다.
자신의 나약함과 부족함을 깨우치려고 노력했다.
호르헤는 나약함과 부족함을 깨우치지 못하는 사람은
조금도 성장할 수 없다고 생각했다.

하지만 호르헤는 활기차게 사람들을 만나고 즐기는 대신 짬이 나면 혼자 사색을 즐겼다. 사람들과 즐기는 시간도 중요했지만 호르헤에게는 혼자 생각하고 고민하는 시간이 소중했다. 아무에게도 말하지 않았지만 호르헤에게는 숙제가 한 가지 있었다. 바로 하느님의 부르심에 답을 찾는 것이었다.

호르헤는 바쁜 일상을 이어갔지만 하느님의 부르심을 한순간도 잊지 않았다. 그리고 끊임없이 고민했다. 하지만 호르헤는 현재 생활이 꽤 만족스러웠다. 전공 공부도 재미있었고 회사 일도 즐거웠기에 쉽사리 어떤 결정을 내리기 어려웠다. 그래서 하느님의 부르심에 어떻게 응답하는 것이 가장 좋은지 답을 찾고자 고민하고 또 고민했다.

'나는 어떤 사람인가? 내게 부족한 점은 무엇인가?'

호르헤는 끊임없이 자신에게 질문을 던졌다. 자신의 나약함과 부족함을 깨우치려고 노력했다. 호르헤는 나약함과 부족함을 깨우치지 못하는 사람은 조금도 성장할 수 없다고 생각했다. 하지만 자신의 나약함과 부족함을 깨닫기는 쉬운 일이 아니었다. 호르헤는 사색의 시간을 보내며 성장통을 겪었다.

훗날 교황이 된 호르헤는 이 시기에 사색하고 공존하는 법을 배웠다고 회고했다.

끊임없이 자신에게 질문을 던지다

새로운 세계에 대한 응답

호르헤는 복잡하던 머릿속이 환해지는 것 같았
다. 자신에게 왜 큰 고통이 찾아왔는지 알 것 같
았다. 호르헤에게 찾아온 고통은 하느님께서 주
신 새로운 세계에 대한 응답과 같은 것이었다.

"으악!"

스무 살 때인 어느 날, 호르헤는 갑자기 엄청난 고통을 느끼며 잠에서 깨어났다. 전날 가벼운 감기 기운이 있어 일찍 잠자리에 들었던 터였다. 그런데 시간이 지날수록 열이 오르고 온몸이 아파왔다. 자신을 향해 달려드는 병마에 호르헤는 온몸을 내주어야 했다. 끔찍하게 고통스러웠다.

호르헤의 비명을 듣고 방으로 온 어머니와 가족도 깜짝 놀랐다. 땀범벅이 된 호르헤가 고열에 시달리고 있었다.

"세상에, 열이 너무 높아."

병원에 입원했지만 호르헤는 3일간이나 고열에 시달렸다. 견딜 수 없을 만큼 고통스러웠다.

"호르헤, 제발 이겨내야 해."
"호르헤, 주님이 함께하실 거야. 걱정하지 마."

가족은 고통과 싸우는 호르헤를 위해 기도하고 또 기도했다.

호르헤는 죽음의 문턱을 왔다 갔다 하며 병마와 싸웠다. 3일 만에 열은 내렸지만 중증 폐렴이라는 진단을 받았다.

"폐가 많이 상했어요. 우선 약을 먹어 봅시다."

갑작스레 찾아온 병에 호르헤는 물론이고 가족, 친구들도 모두 놀랐다. 호르헤는 건강한 편이었다. 그래서 더욱 고통이 컸다. 호르헤는 아무것도 하지 못하고 병실에 누워 약을 먹었다.

"호르헤, 걱정하지 마. 넌 누구보다 건강하잖아."

"호르헤, 주님이 널 지켜주실 거야."

"얘야, 아무 걱정 마. 넌 잠시 넘어진 것뿐이야. 탁탁 털고 일어날 테니 조금 쉰다고 생각하렴."

"호르헤. 두려워하지 마. 다 지나갈 거야."

많은 사람이 병문안을 와 호르헤를 위로했다. 하지만 약을 먹어도 아무 효과가 없었다.

"아무래도 오른쪽 폐를 잘라내는 수술을 해야 할 것 같습니다."

호르헤는 이제 겨우 스무 살이었다. 한쪽 폐를 잘라내는 수술은 그에게 큰 충격과 고통을 가져다주었다. 아무 잘못도 없이 누군가에게 세게 얻어맞은 것처럼 억울하고 고통스러웠다. 갑자기 몰아닥친 고통에 호르헤는 속수무책 당할 수밖에 없었다.

수술 후 몸은 회복되었지만 학문에 대한 열망은 많이 꺾였다. 호르헤는 이해할 수 없었다. 어째서 자신에게 이런 고통이 닥쳤는지. 몸이 회복되기를 기다리는 동안 호르헤는 많이 생각했다. 자신에게 닥친 상황이 때론 억울하고 때론 원망스럽고 때론 이해되지 않았다. 하지만 얼마 지나지 않아 호르헤는 하느님의 행하심을 이해하게 되었다.

"왜 제게 이런 고통을 주십니까?"

어느 날, 울부짖으며 기도하던 호르헤는 정신이 번쩍 들었다. 어릴 때 호르헤의 첫 영성체를 준비하시던 수녀님 말씀이 떠올랐기 때문이다.

새로운 세계에 대한 응답

호르헤는 복잡하던 머릿속이 환해지는 것 같았다.
자신에게 왜 큰 고통이 찾아왔는지 알 것 같았다.
새로운 현실에는 새로운 응답이 필요한 법이었다.
호르헤에게 찾아온 고통은 하느님께서 주신 새로운 세계에 대한 응답과 같은 것이었다.

"호르헤, 잘 들어봐. 너는 지금 예수님이 겪은 고통을 뒤따르는 거야."

어린 나이라 수녀님 말씀을 잘 이해할 수 없었다. 하지만 큰 병을 이겨낸 호르헤는 뜨거운 눈물과 함께 수녀님 말씀에서 위안받게 되었다.

호르헤는 복잡하던 머릿속이 환해지는 것 같았다. 자신에게 왜 큰 고통이 찾아왔는지 알 것 같았다. 새로운 현실에는 새로운 응답이 필요한 법이었다. 호르헤에게 찾아온 고통은 하느님께서 주신 새로운 세계에 대한 응답과 같은 것이었다. 죽음의 문턱까지 갔다온 호르헤는 드디어 결정을 내렸다.

호르헤는 결심을 돈독히 할 겸 신학교에 가보기로 했다. 자신의 미래에 대한 결정인 동시에 하느님의 부르심에 응답하는 일이었다. 신학교에 다녀온 뒤 결심이 더 확고해졌다. 결심하고 나자 마음도 편안해졌다. 이제 이를 가족에게 말하고 실천하는 일만 남았다.

호르헤의 가족은 모두 신실한 신자였다. 하지만 호르헤가 신부가 되겠다고 하면 어떻게 받아들일지 알 수 없었다.

"아버지, 드릴 말씀이 있어요. 함께 산책하면서 이야기를 좀 나누고 싶어요."

먼저 아버지께 말씀드리기로 했다. 아버지는 하던 일을 멈추고 호르헤의 청대로 같이 산책을 나섰다.

"그래, 무슨 일 있니?"

큰 병을 앓고 난 뒤라 호르헤는 부쩍 핼쑥해 보였다.

"아버지, 저 하느님의 사람이 되기로 결심했어요."

호르헤의 말에 아버지는 잠시 걸음을 멈추셨다.

"이미 넌 신실한 신자잖니?"
"신학교에 가려고요."

"사제가 되려는 거니?"

아버지 목소리가 조금 떨렸다.

"네."

아버지는 말없이 호르헤를 안아주셨다.

"아버지는 네 결정에 반대하지 않는다. 아니, 오히려 아주 행복하고 만족스러워. 우리 가족이 머나먼 타국으로 이민 와서 이렇게 행복하게 살 수 있었던 것은 모두 주님 덕분이니까. 그래서 네가 주님의 사람이 되겠다는 데 반대하지 않는다."

호르헤는 아버지 말씀에 고개를 끄덕였다. 어머니가 아니라 아버지에게 먼저 이야기한 것은 옳은 선택이었다. 아버지의 축복에 호르헤는 감사하고 또 감사했다.

"하지만 호르헤, 진짜 확신이 있는 거니? 많은 어려움이 따를 텐데."

아버지는 호르헤가 큰 병을 앓고 난 뒤 즉흥적으로 생각한 것
은 아닌지 염려하셨다. 사제가 되는 길은 결코 쉬운 일이 아니었
다. 수많은 어려움과 고통이 따르는 길이었다. 게다가 가족은 물
론이고 속세와 이별해야 한다는 의미이기도 했다. 가족의 유대를
중시하는 베르골료 가족에게는 사랑하는 아들과 손자를 잃는 고
통을 줄 게 분명했다.

"오랫동안 생각했어요. 하느님의 음성은 꽤 오래전 들었고요."

담담하게 말하는 호르헤를 보고 아버지는 호르헤의 결정을 응
원해 주셨다. 호르헤의 할머니도 매우 독실한 신자셨다. 그런 어
머니 밑에서 자란 호르헤 아버지는 강한 믿음으로 호르헤의 결정
을 격려하셨다.

하지만 어머니는 달랐다. 아버지에게서 이야기를 들은 어머니
는 매우 당황스러워하셨다. 어머니 역시 무척 신실한 신자였지만
아들의 결정에 화를 내셨다.

"나는 잘 모르겠어. 네가 사제가 되리라고는 한 번도 생각해 본 적이 없어. 난 널 그렇게 생각해 본 적이 없어."

"어머니, 전 결심이 섰어요."

"아니야, 이건 아니야. 호르헤, 넌 장남이잖니? 이런 일을 이렇게 성급히 결정하는 건 아니야. 게다가 넌 너무 어려. 우선 대학을 마치고 생각해 보자."

언행일치를 중요하게 생각하는 어머니는 호르헤의 결정이 너무 성급하다고 생각하셨다. 아직 경험도 적고 대학도 마치지 않은 호르헤가 미래를 급하게 결정지은 것 같다고 생각하셨다.

"어머니, 성급하게 결정한 것이 아니에요. 4년이나 생각하고 또 생각해서 결정한 거예요."

호르헤의 말에 어머니는 아무 말도 하지 않으셨다. 하지만 아들을 빼앗긴다는 생각에 속상해 하셨다. 아무리 신실한 신자여도 어머니이기에 어쩔 수 없는 반응이었다. 늘 대견스럽고 기특했던 아들. 어느 어머니인들 아들이 가시밭길을 가겠다는데 쉽게 받아들일 수 있을까?

하지만 호르헤의 결심은 확고했고, 벌써 입학 과정까지 다 알아본 뒤였다. 호르헤는 할머니에게도 자기 뜻을 전했다.

"호르헤, 하느님께서 널 부르신다면 그건 축복받을 일이란다."

할머니는 호르헤를 꼭 안아주셨다. 하지만 손자의 결정에 마냥 기뻐하며 박수 칠 수만은 없었다.

"하지만 호르헤, 우리 집 대문은 늘 열어둘 거다. 네가 돌아온다고 해도 아무도 널 비난하지 않아. 꼭 기억하려무나."

돌려서 말씀하셨지만 할머니 역시 호르헤가 생각을 바꾸길 바라셨다. 첫 손자 호르헤에 대한 사랑이 넘쳤던 할머니 눈에 호르헤는 아직도 어린아이 같았다. 고사리 같은 손으로 노래를 부르던 귀여운 손자 호르헤. 할머니는 그런 호르헤가 누구보다 행복하게 살길 바라셨다. 하지만 호르헤는 신학교에 입학하기로 결정했고, 가족은 그런 그의 결정을 응원하기로 했다.

새로운 세계에 대한 응답

복음의 기쁨을 전하는 사도가 되다

수많은 시간이 호르헤 곁을 흘러갔다. 고통스럽
고 인내하는 시간도 있었고, 환희와 기쁨에 찬
시간도 있었다. 포기하고 싶은 순간도 있었지만
호르헤는 부모님이 물려주신 따뜻함과 엄격함
으로 이겨냈다.

호르헤는 가족을 떠나 빌라 데보토의 신학교에 들어갔다. 호르헤가 스물두 살 때였다. 호르헤가 신학교에 입학할 때 어머니는 함께 가지 않으셨다. 하지만 호르헤는 섭섭해하지 않았다. 언젠가는 어머니가 자기 선택을 인정하고 축복해 주리라는 믿음이 있었기 때문이다.

"호르헤, 하느님의 축복이 너와 함께 있을 거다."

아버지를 비롯한 할머니와 식구들은 신학교로 떠나는 호르헤를 진심으로 축복해 주었다.

호르헤가 들어간 빌라 데보토는 예수회 소속이었다. 예수회의 모토는 '하느님의 더 큰 영광을 위하여'다. 1534년 성 이냐시오 로욜라가 동료 여섯 명과 함께 파리에서 설립한 수도회이다. 예수회는 전 세계에 선교하는 것이 비전이다. 호르헤가 예수회를 선택한 이유는 예수회가 마치 군대처럼 복종과 규범을 준수하며 선교 업무에 중점을 두었기 때문이다.

예수회는 전통적으로 강도 높은 양성 과정을 길게 거쳐야 하는 곳으로 유명하다. 예수회 수련자가 되면 2년여 동안 기도하며 훈련받아야 한다. 사제는 이 훈련을 거쳐 영적으로는 물론 지적으로도 성숙해진다. 이 훈련 기간을 잘 거치면 관구장의 허락 아래 첫 종신서원을 할 수 있다.

　첫 서원을 마친 뒤 사제직을 지망하는 신학생은 철학 석사 학위를 받기 위해 대학원에서 철학과 신학을 3년여 공부한다. 여기까지 마치면 사제가 되기 위한 필수단계인 사도직을 수행한다. 이 시기에는 2년에서 3년여 예수회 고등학교나 대학교에 가서 학생들을 가르치며 서품을 위한 3년 과정을 다시 시작한다.

이 긴 과정을 마치고 마지막 양성과정인 제삼 수련을 거치면 최종서원을 받고 드디어 예수회 정식회원이 된다. 이 모든 과정을 마치는 데는 거의 10년이 걸린다. 청춘을 오롯이 바쳐야 하는 결코 쉽지 않은 시간을 보내야 하는 것이다.

예수회에 입회한 호르헤는 칠레로 건너가 인문학의 기초를 닦았다. 5년 뒤인 1963년에는 다시 아르헨티나로 돌아와 산 미구엘 마시모 신학교에서 철학을 공부했다. 철학사 학위를 받은 뒤에도 계속 신학 공부를 해서 1970년에 신학사 학위를 받았다.

호르헤는 일찍부터 지도자 자리에 섰다. 공부하면서 학생들을 가르치게 된 것이다. 어린 시절부터 다양한 경험을 많이 한 호르헤는 학생들에게 좋은 스승이 되었다. 1964년과 1965년에는 산타페의 임마쿨라타 신학교에서 문학과 심리학을 가르쳤다. 1966년에는 부에노스아이레스의 살바토레 신학교에서 문학과 심리학을 가르쳤다.

호르헤는 신학교에 들어오기 전 화학을 전공했기에 문학과 심리학을 가르치기가 조금 부담스러웠다. 하지만 열심히 준비해서 학생들에게 다양한 경험을 하게 해주었다. 당시 그의 수업을 들은 학생들은 호르헤를 의지가 강한 사람이었다고 기억한다. 하지

복음의 기쁨을 전하는 사도가 되다

만 호르헤는 엄격하기만 한 선생은 아니었다. 그는 학생들에게 늘 유머를 잃지 않는 따뜻한 스승이기도 했다.

학생들의 열의를 자극하기 위해 단편 소설을 쓰게 한 호르헤는 유명한 소설가 보르헤스에게 학생들 작품을 보여 준 뒤 책으로 엮기도 했다.

신학생 시절이 평온하기만 한 것은 아니었다. 기도와 훈련, 주어진 공부 그리고 스승 역할 등 많은 일을 해내느라 바빴지만 호르헤를 힘들게 한 것이 또 있었다. 그것은 바로 사랑이었다.

호르헤는 삼촌 결혼식에 참석했다가 한 여성에게 매료되었다. 아름답고 지적인 그녀는 단숨에 호르헤의 마음을 사로잡았다. 호르헤는 오랜 고민 끝에 하느님의 자녀가 되기로 결심했고, 자신에게 주어진 운명과도 같은 종교적 소명을 이루기 위해 달려왔다. 그런데 모든 것이 무너질 것 같았다. 무슨 일을 해도 머릿속에서 그녀가 떠나지 않았다. 기도도 제대로 할 수 없을 지경이었다.

아직 신학생이었기 때문에 호르헤가 결정하기에 달려 있었다. 호르헤는 얼마든지 집으로 돌아갈 수 있었다.

"주여, 저는 어떤 선택을 해야 합니까?"

기도조차 하기 어려웠지만 호르헤는 끊임없이 기도하며 자신을 되돌아보려고 애썼다. 그리고 자신에게 주어진 길이 무엇인지 생각하고 또 생각했다. 이번에도 결정은 호르헤의 몫이었다. 누군가에게 조언을 구할 수도 있지만 결국 스스로 결정해야 했다. 그리고 그 결정이 옳은가, 그른가에 대한 책임도 오롯이 호르헤가 져야 했다.

호르헤는 고민이 온몸을 감싸는 시간을 견디기 위해 더 침착해지고 더 고독해지기로 했다. 사람들은 고민이 생기면 다른 사람의 조언을 구한다. 하지만 호르헤는 조언을 구하는 대신 고독하게 보냈다.

그리고 그 속에서 호르헤는 또 한 번 깨달았다. 자신이 부족하다는 것을. 드디어 결정을 내렸다. 열병을 이겨내고 수도자의 길을 걷기로 마음먹은 것이다. 마음이 편해지자 그녀의 얼굴 대신 하느님의 자비로운 얼굴이 떠올랐다. 호르헤는 하느님의 가호에 맡기는 것이 중요하다는 사실을 다시 한 번 깨달았다.

1969년 드디어 호르헤 베르골료는 라몬 호세 카스텔라노 대주교에게서 사제서품을 받았다. 모두 지켜보는 엄숙한 순간, 사제 옷으로 갈아입은 호르헤는 모든 순서를 차분히 이행했다. 수많은 시간이 호르헤 곁을 흘러갔다. 고통스럽고 인내하는 시간도 있었고, 환희와 기쁨에 찬 시간도 있었다. 포기하고 싶은 순간도 있었지만 호르헤는 부모님이 물려주신 따뜻함과 엄격함으로 이겨냈다.

드디어 제단 밑에 가장 낮은 자세로 엎드린 호르헤는 하느님께 자신의 부족함을 알렸다. 호르헤는 하느님께 약속했다. 복음의 기쁨을 전하는 사도가 되겠다고.

가족은 물론이고 신학교에 입학할 때 오지 않았던 어머니도 참석해 그 순간을 지켜보셨다. 호르헤 어머니는 이제 막 호르헤 신부가 된 아들 앞에 무릎을 꿇고 손에 입을 맞추었다.

할머니는 말없이 기쁨의 눈물을 흘리셨다. 사실 호르헤 신부의 할머니는 살아생전에 손자가 사제서품 받는 모습을 보지 못할까 걱정하셨다. 그래서 미리 선물과 함께 편지를 써두셨다. 하지만 할머니는 건강한 모습으로 손자가 사제서품 받는 모습을 지켜보셨고, 선물과 편지도 직접 전하셨다.

호르헤 신부는 이때 할머니께 받은 선물과 훗날 할머니가 남긴 유언장을 교황이 된 뒤에도 성무일과서 수첩 안에 소중히 간직하고 있다.

사제서품을 받은 호르헤 신부는 1971년까지 공부를 더 한 다음 스페인 알칼라 데 에나레스로 건너가 제삼 수련을 받았다.

　그리고 1972년 아르헨티나 산 미겔 빌라 바릴라리에 있는 수련소의 수련장이 되었다. 1973년 4월 22일 호르헤 신부는 서른여섯의 나이로 최종서원을 했다.

프란치스코 교황님과
함께 이야기 나누어요

종교

프란치스코 교황님께

교황님, 안녕하세요? 저는 인도에 사는 칸이라고 해요. 올해 열세 살 되었고, 학교에 다니고 있어요.

교황님은 인도라는 나라에 대해 알고 계신가요?

제가 살고 있는 인도는 인구가 10억 명 가까이 되는 나라예요. 세계에서 두 번째로 인구가 많은 나라예요. 또 커리가 유명한 나라지요. 인도에는 유명한 곳이 많이 있어요.

바로 타지마할과 갠지스 강이에요. 타지마할과 갠지스 강을 보기 위해 많은 여행객이 해마다 인도를 찾아온대요.

타지마할은 무덤이에요. 무덤이라고 하니까 무서운 생각이 들죠? 하지만 무시무시한 곳이 아니라 세계에서 가장 아름답다고 알려져 있는 무덤이에요. 전 안타깝게도 타지마할에는 가보지 못했어요. 하지만 갠지스 강에는 다녀왔어요. 그곳에 부모님과 함께 가서 목욕하고 왔어요. 사람들이 다 보는 곳에서 목욕하면 창피하지 않냐고요? 전혀요.

갠지스 강은 힌두교인이 성스러운 곳으로 숭배하는 곳이에요. 그래서 갠지스 강에서 목욕하는 힌두교인을 쉽게 볼 수 있어요.

그곳에서 목욕하면 죄를 많이 지었어도 저승에 갔을 때 죄가 줄어든대요. 또 죽은 후 더 좋은 계급으로 태어난대요. 그래서 힌두교인은 갠지스 강에 가서 열심히 기도드리고 목욕하는 거예요. 저도 갠지스 강에서 열심히 기도하고 목욕했으니 다음 세상에선 더 좋은 계급으로 태어날 수 있겠지요?

교황님께서 인도에 와 본 적이 없다면 꼭 한 번 와주세요. 교황님을 만나고 싶어요. 전 우연히 텔레비전에서 교황님을 보았어요. 환하게 웃는 교황님 모습을 보고 고민이 생겨서 이렇게 편지를 쓰게 되었어요.

어떤 고민이냐고요?

제가 사는 곳에서는 모두 힌두교를 믿어요. 인도에도 힌두교 말고 다른 종교를 믿는 사람들도 있다고 해요. 하지만 제가 사는 동네 사람들은 모두 힌두교를 믿거든요. 그런데 전 다른 종교가 궁금해요. 불교도 궁금하고, 이슬람교도 궁금해요. 하지만 학교에서도 힌두교에 대해서만 배워요. 선생님께 여쭤보고 싶지만 사실 전 공부를 잘 못하는 말썽꾸러기라고 만날 야단맞거든요.

선생님께 다른 종교에 대해 물어보면 또 쓸데없는 이야기를 한다고 야단치실 것 같아요. 그래서 교황님께 편지 쓰는 거예요. 교황님은 사람들의 이야기를 잘 들어주신다죠? 또 종교가 달라도 가톨릭에 대해 궁금해해도 되는 거죠?

　교황님은 교황님의 종교인 가톨릭교에서 제일 높은 사람이라고 하던데 맞나요?

　가톨릭교에도 힌두교처럼 카스트 제도 같은 것이 있나요? 가톨릭에 대해 궁금한 것이 너무 많아요. 교황님, 가톨릭에 대해 꼭 알려주세요.

칸에게

칸 군 안녕?

난 프란치스코 교황이에요. 먼 인도에서 날 알고 이렇게 편지를 해주어 고마워요. 또 가톨릭에 대해 궁금하다니 아주 반갑네요.

인도에도 기독교를 믿는 사람들이 있다고 들었어요. 내가 가톨릭에 대해 설명해 줄 테니 기회가 되면 교회나 성당에 한 번 가보는 것도 좋을 것 같아요.

참, 나는 하느님을 믿지 않는 사람도 내 친구가 될 수 있다고 생각해요. 하느님은 생각보다 아주 자비로운 분이거든요. 세상에 여러 종교가 있다는 것을 알고 있어요. 하느님의 큰 사랑을 경험하지 못해 하느님을 만나지 못한 사람들을 보면 안타까워요. 칸에게도 하느님을 만날 기회가 찾아오길 바랄게요.

종교에 대해 이야기해 볼까요?

친구들, 안녕하세요? 호르헤 신부랍니다. 아, 프란치스코 교황이라고 불러도 좋아요. 오늘은 친구들과 종교에 대해 이야기를 나눠 보려고 해요. 우리 친구들은 어떤 종교를 갖고 있나요? 아마 나처럼 가톨릭 신자인 친구들도 있을 테고 불교, 기독교, 이슬람교나 칸처럼 힌두교를 믿는 친구들도 있을 거예요. 아니면 아예 종교를 갖고 있지 않은 친구들도 있을 거예요.

내가 태어나고 자란 아르헨티나에서는 많은 사람이 가톨릭교를 믿어요. 우리 조부모님과 부모님이 사신 이탈리아에도 가톨릭 신자가 많아요. 그래서 우리 가족은 자연스레 가톨릭 신자가 되었고, 나 또한 그렇답니다.

종교는 강요되는 것이 아니라 자유로이 택할 수 있는 것이에요. 하지만 종교를 선택할 때 부모님이나 조부모님 또는 내가 태어난 곳의 환경을 무시할 수는 없어요. 내가 자연스레 가톨릭 신자가 된 것처럼 칸 역시 자연스레 힌두교 신자가 되었을 거예요.

그런데 한 가지 안타까운 것은 많은 사람이 자신의 종교에 너무 심취한 나머지 다른 사람의 종교를 이해하려고 하지 않는 것이에요. 이해하지 않는 것은 물론이고 종교가 다르다는 이유로 전쟁이 일어나기도 해요.

나는 가톨릭 신자이고 가톨릭교의 수장이지만 다른 종교를 배척하는 것은 옳지 않다고 생각해요. 그것은 하느님의 뜻이 아니에요. 하느님은 모든 것을 이해하시고 용서하시는 자비로운 분이시거든요. 물론 다른 신들도 마찬가지일 거라고 생각해요. 나약한 인간이 신에게 의지하는 이유는 신만이 완벽한 자비를 바탕으로 용서하시기 때문이라고 생각하거든요.

그럼 우리에게 종교는 무엇이고, 종교를 가져야 하는 이유는 무엇일까요? 또 수많은 종교 중 가톨릭교는 어떤 특징을 가지고 있을까요?

💬 종교는 어떻게 생겼을까?

종교의 역사를 이야기하려면 먼저 두 가지를 이야기해야 해요. 하나는 인류의 탄생 이야기예요. 기독교에서는 인류가 창조되었다고 믿지요. 하느님이 인류를 창조했다고 믿거든요. 그래서 인류는 세상에 나오자마자 종교를 가지게 되었어요.

다른 한 가지는 인류의 진화 이야기예요. 기독교를 믿지 않고 창조론을 믿지 않는 사람들은 인류가 진화했다고 믿어요. 그렇다면 초기 인류는 무척 불완전한 존재였을 거예요. 지금처럼 문명이 발전하지 않았고, 자연과 싸워야 했을 테니까요. 또 죽음 이후 세계를 두려워했을 거예요. 그러다 보니 자연스레 어떤 초월적 존재에 의지하고자 하는 마음이 생겼겠죠? 그래서 그들에게도 종교가 생겼을 거예요.

💬 종교에는 어떤 것들이 있을까?

세상에는 종교가 여러 종류 있어요. 전 세계인이 믿는 여러 종교 중 신자가 많은 세계 3대 종교는 기독교와 불교와 이슬람교랍니다.

여기서 말하는 기독교는 로마 가톨릭 교회(천주교)와 개신교, 정교회를 함께 지칭해요. 기독교는 예수 그리스도를 믿는 종교를 통칭하는 말이라고 볼 수 있지요. 모두 예수 그리스도를 믿음으로써 구원을 얻는다는 근본 교리는 같지만 오랜 시간이 흐르는 동안 교파가 나뉘었어요.

1. 천주교(로마 가톨릭 또는 가톨릭)

예수님이 친히 세우셨으며 역사가 2,000년 된 교회예요. 현재 천주교 교황은 초대 교황 성 베드로의 후계자이며, 교황을 정점으로 추기경, 주교, 평사제 등의 교계제도가 정해져 있어요. 천주교 신자가 되면 세례를 받고 하느님의 자녀가 된답니다. 전 세계 가톨릭 신자 수는 12억 명이 넘는다고 해요.

2. 정교회

기본적으로 천주교와 같은데 전체 교회의 통치권을 놓고 대립하다 1054년 서로 파문하면서 분리되었지요. 하지만 바오로 6세와 아테나고라스 총대주교는 1964년 예루살렘에서 만나 상호 파문을 폐기하고 역사적인 화해를 했어요. 나도 얼마 전에 동방정교회 수장 바르톨로메오스 1세 총대주교와 만나 화합의 기도를 올렸답니다.

3. 개신교

16세기 루터, 칼뱅 등이 종교개혁을 한 결과 천주교에서 분리해 성립된 기독교의 분파예요. 안타깝지만 과거에 유럽에서 천주교가 세속화되고 부패한 적이 있어요. 성직자들이 부패해서 돈을 받고 면죄부를 팔기도 했거든요. 이에 대한 반발로 종교개혁이 있었고 그때 생겨난 종파가 개신교예요. 개신교는 가톨릭과 달리 단일종파가 아니에요. 성경을 어떻게 해석하느냐에 따라 루터교, 장로교, 청교도, 성공회, 감리교, 침례교, 성결교, 순복음, 안식교 등으로 나뉘어요.

💬 가톨릭은 어떤 종교일까?

그렇다면 내가 믿는 가톨릭은 어떤 종교일까요? 가톨릭의 역사를 알려면 하느님의 아들인 예수님에 대해서도 알 필요가 있어요. 가톨릭의 시조라고 할 수 있는 예수님은 팔레스타인의 갈릴리에서 동정녀 마리아에게서 태어나셨어요. 당시 유대인은 야훼라는 유일신을 믿으며 자신들을 구원해 줄 메시아를 기다렸어요.

예수님이 태어나셨을 때 유대인은 몹시 고난을 겪고 있었어요. 로마의 지배를 받았거든요. 하느님과 이스라엘 백성(유대인) 사이의 약속을 담은 구약성경을 보면 잘 알 수 있어요. 예수님은 고통받던 사람들에게 희망과 구원의 메시지를 전해 주었어요. 하지만 로마의 지배자들과 유대인 지배자들은 예수님을 인정하지 않았지요. 수많은 핍박이 있었지만 예수님은 열두 명의 제자를 받아들이시고 교회를 세우셨어요. 이 교회가 바로 가톨릭의 시초라 할 수 있답니다.

간단하게 설명하면 가톨릭은 삼위일체 하느님을 믿고 따르는 종교로 성모님을 가장 완벽한 성인으로 공경합니다. 삼위일체 하느님이라는 말이 조금 어렵지요? 간단히 풀어서 설명하면 하느님은 천지창조를 하신 분이고, 예수님은 하느님의 아들이십니다. 예수님은 죄 많은 인간을 구원하고자 십자가에 못 박히셨어요. 성령님은 신자들과 항상 함께하며 돌보아주는 하느님의 영입니다. 가톨릭에서는 하느님, 예수님, 성령님을 독립된 세 분이면서 동시에 한 분이라고 생각하는 것이지요.

💬 우리는 종교를 어떻게 생각해야 할까?

그럼 우리는 종교를 어떻게 생각해야 할까요? 종교는 우리에게 마음의 안식과 평화를 준답니다. 하지만 종교의 의미를 잘못 이해하면 안 좋은 방향으로 흐를 수도 있어요. 종교를 친교 목적이나 사업 목적, 수단으로 이용하면 순수하게 종교 활동을 하는 사람들에게 피해를 줄 수도 있고, 종교의 본질을 퇴색시킬 수도 있거든요.

너무 종교에만 빠지는 것도 문제가 있어요. 자기 본분을 저버리고 종교 활동에만 빠지는 것도 종교의 본질을 잊은 것이에요.

자신과 종교가 다른 사람들을 색안경을 끼고 보거나 무조건 배척하는 것도 옳지 않아요. 어떤 종교이든 종교의 본질은 평화의 나눔, 배려, 사랑, 평등, 믿음, 봉사, 희생이라는 것을 잊지 마세요.

💬 **함께 생각해 봐요**

종교에 대해 어떻게 생각하나요? 나와 종교가 다른 친구들을 어떻게 바라보고 이해하는 것이 좋을까요?

_____

_____

_____

_____

_____

_____

_____

_____

_____

_____

_____

_____

_____

_____

_____

_____

_____

_____

통찰력을 쌓다

겸손과

3

겸손과 온화의 리더십

어떤 경우에도 폭력은 안 됩니다. 폭력의 대가
를 누가 치르게 되는지 항상 생각하십시오. 우
리가 옳다고 생각해서 행한 폭력이라도 그 대가
는 세상에서 가장 나약하고 힘없는 사람들이 치
르게 됩니다.

관구장 신부가 된 호르헤 신부는 이른 나이에 지도자 위치에 서게 되었다. 지도자가 된다는 것은 리더십을 발휘해야 하는 동시에 꽤 많은 부담을 짊어져야 한다는 것이었다. 자신도 배워야 할 것이 많은 나이에 지도자가 된다면 더욱 그렇다.

이른 나이에 관구장 신부가 된 호르헤 신부는 임무를 수행하면서 완벽하려고 노력했다. 하지만 실수도 많이 했다. 그러나 그가 보통 사람과 달랐던 것은 실수를 바탕으로 배워 나갔다는 것이다. 누구나 처음부터 잘할 수는 없다. 신이 아니기에 실수도 하고 누군가에게서 배우기도 해야 한다. 하지만 잘못을 바로 세워 줄 사람이 없을 때는 누구나 휘청거리기 마련이다. 휘청거림 끝에 독단적으로 되는 사람도 많다. 하지만 호르헤 신부는 늘 겸손하고 온화한 사람이었다. 그래서 자기 결정이 잘못되었을 때는 권위를 버리고 실수를 인정했다. 그리고 그 실수를 반복하지 않으려고 노력했다.

그런 그에게도 어려움은 있었다. 예수회 회원 몇 명이 일으킨 해방신학 수용 문제였다. 해방신학은 가난하고 억압받는 사람들 처지에서 교리를 해석해 교회의 사회 참여를 강조했다. 해방신학이 급작스레 나타난 것은 아니다. 1950년대부터 남미의 노동현장에서 해방신학의 징후가 나타났다. 당시 남미는 많은 사람이 독재자의 압제와 가난에 시달렸다. 그래서 당연한 결과로 당시 사회구조를 변화시키려는 움직임이 커졌으며 때마침 나타난 해방신학이 사람들의 관심을 받기 시작한 것이다.

사회 움직임과 함께 떠오른 해방신학에는 내포된 의미가 많다. 하지만 가톨릭으로서는 해방신학을 전적으로 수용할 수만은 없었다. 해방신학의 핵심 요소인 적극적 개혁이나 가난한 나라에 정의와 평화를 전하자는 부분은 가톨릭과 일치했다. 하지만 교회가 정치적 행동주의를 펴는 것에 대해서는 의견이 다른 부분이 많았다.

호르헤 신부 역시 해방신학과 일정한 거리를 두려고 노력했다. 호르헤 신부가 해방신학을 대할 때 신앙교리성의 가르침을 참고했기 때문이다. 호르헤 신부는 결과가 옳아도 과정이나 방법이 그른 것은 옳지 않다고 생각했다. 해방신학이 내포한 여러 의미 중 정치적 행동주의에 대한 것은 위험하다는 생각이 들었다. 교회가 혁명 속으로 끌려 들어가면 매우 위험한 결과를 초래할 수도 있었기 때문이다.

1975년 호르헤 신부는 아르헨티나 예수회 대표단을 이끌고 로마로 갔다. 그곳에서 열린 예수회 32차 총회에 참석하기 위해서 였다. 당시 교황은 바오로 6세였다. 바오로 6세는 고 김수환(스테파노) 대주교를 한국인 최초의 추기경에 임명한 분으로 교회의 쇄신을 성공적으로 마무리했다.

호르헤 신부는 많은 사람이 지켜보는 앞에서 소신을 밝혔다.

"예수회의 진정한 역할은 가난한 사람, 병든 사람을 돌보는 것이라고 생각합니다. 폭력은 옳지 않습니다. 폭력의 대가는 늘 가장 약한 사람이 치르기 때문입니다."

호르헤 신부의 이야기를 들은 많은 예수회 회원은 갈채를 보냈다. 교황 바오로 6세 역시 매우 흡족해서 이야기했다.

"교회는 늘 어려움을 겪습니다. 때론 이념적 갈림길에서 헤매기도 하고, 사회적 충돌 속에서 고민하기도 합니다. 인간의 열망과 복음 사이에서 고민하고 헤맬 수밖에 없지만 우리 예수회 회원들은 늘 중심을 잡아야 합니다."

어떤 경우에도 폭력은 안 됩니다. 폭력의 대가를 누가 치르게 되는지 항상 생각하십시오.
우리가 옳다고 생각해서 행한 폭력이라도
그 대가는 세상에서 가장 나약하고 힘없는 사람들이 치르게 됩니다.

호르헤 신부를 비롯한 많은 예수회 회원은 교황 바오로 6세의 말에 깊은 감명을 받았다.

"오늘 회의를 마무리하며 격동하는 현대사회에서 우리의 길잡이가 될 선언문을 발표하겠습니다."

총회를 마치며 예수회 지도자들은 예수회 회원들의 역할에 관한 선언문을 발표했다.

"이 시대의 중대한 관심사를 모른 척할 수 없습니다. 하지만 모든 것은 십자가가 기준이 되어야 합니다. 우리는 또한 신앙에 관한 갈등이나 정의에 관한 문제에서는 반드시 앞장설 것입니다."

선언문 낭독이 끝나자 총회에 모인 예수회 회원들은 모두 박수를 쳤다. 그리고 선언을 가슴에 깊이 새기고 각자의 나라로 돌아갔다.

"잊지 마십시오. 십자가가 모든 것의 기준이 되어야 합니다. 어떤 경우에도 폭력은 안 됩니다. 폭력의 대가를 누가 치르게 되는지 항상 생각하십시오. 우리가 옳다고 생각해서 행한 폭력이라도 그 대가는 세상에서 가장 나약하고 힘없는 사람들이 치르게 됩니다."

아르헨티나로 돌아온 호르헤 신부는 관구 신부들에게 총회에서 있었던 일을 전했다. 많은 사람은 호르헤 신부의 뜻을 받아들였지만 그렇지 못한 사람들도 있었다. 호르헤 신부와 뜻을 달리한 사람들은 해방신학을 신봉하며 정치적인 현장으로 자꾸 끌려갔다.

어려운 시기 중심에 서다

호르헤 신부는 많은 사제와 신도가 독재정권에
고통당할 때 그에 응답해야 했다. 사제들의 목
숨도 지켜야 했고, 정부와 아슬아슬한 관계도
유지해야 했다.

호르헤 신부가 청소년기를 지나 신부 서품을 받기까지 아르헨티나에도 변화가 많았다. 특히 1970년대 아르헨티나는 좌익 급진 세력과 우익 군부세력이 쿠데타와 혁명을 주고받느라 혼란스러웠다. 게다가 아르헨티나는 이제 부자 나라가 아니었다. 1900년대 초까지만 해도 아르헨티나는 세계에서 다섯 손가락에 꼽히는 부유한 나라였다. 이탈리아보다 훨씬 잘살았다. 그래서 베르골료 가족을 비롯한 많은 이탈리아 사람이 아르헨티나로 이민 온 것이다.

아르헨티나 부의 원천은 팜파스라고 불리는 드넓은 초원과 그 초원을 가득 메운 소 떼였다. 사람보다 소가 더 많았던 아르헨티나. 아르헨티나는 농업과 목축업으로 수출을 많이 했다. 그래서 아르헨티나는 1800년대에 지하철을 건설할 정도로 고도성장을 이루었다. 그러나 아르헨티나에도 문제는 있었다. 바로 국토 면적에 비해 인구가 턱없이 부족하다는 것이었다. 그래서 1853년 이민정책을 국가 노선으로 삼았다.

인구를 늘리는 방법으로 이민정책을 선택한 아르헨티나는 이탈리아, 프랑스, 스페인 등에서 이민자들을 받아 농업과 목축업을 발전시키려 했다. 하지만 이민자들은 힘든 농촌 대신 발전하고 있는 도시 부에노스아이레스로 갔다. 큰 항구가 있는 부에노스아이레스에는 공장이 많이 모여 있었다.

이민자들을 받아들여 농업과 목축업을 발전시키려고 투자를 많이 한 아르헨티나 정부의 계획에 차질이 생겼다. 게다가 갑작스레 인구가 도시로 몰리는 바람에 여러 가지 문제가 일어났다. 이민자들 사이에는 유럽에서 도망친 무정부주의자, 사회주의자가 뒤섞여 있었다.

문제는 이뿐만이 아니었다. 이민자들의 불만도 커져갔다. 돈을 벌려고 머나먼 타국까지 왔는데 농촌에서는 토지를 소유하지 못

하고 아르헨티나 대지주 밑에서 소작농으로 일해야 했다. 농촌을 떠나 도시로 몰려든 이민자들은 도시 하층민으로 전락할 수밖에 없었다.

이곳저곳에서 야기된 사회적 갈등은 아르헨티나를 점점 불안하게 만들었다. 이때 노동자들의 정치 참여와 임금 인상을 꾀하며 정권을 잡은 사람이 있었다. 후안 페론이다. 군인 출신인 후안 페론은 1943년 쿠데타를 성공시켜 권력을 잡았다. 페론은 노동복지부장관에 오르고 1년 뒤에는 부통령과 국방부장관 자리에까지 올랐다. 하지만 페론은 노동정책에 반대하는 불만세력에 구속되면서 자리에서 물러나야 했다. 그러나 페론이 이미 민중의 마음을 얻은 뒤였다. 페론이 물러나자 노동자들은 대규모 파업을 벌이며 페론을 지지했다. 결국 페론은 석방되었고, 1946년 대통령에 당선되었다.

페론에게는 에바 페론이라는 배우 출신 아내가 있었다. 그녀는 노동자 계급에게 절대적 지지를 받았다. 사실 후안 페론이 대통령에 당선되기까지 그녀의 노력이 컸다. 에바 페론은 라디오 프로그램 등에 출연해 후안 페론이 노동자들을 위해 얼마나 노력하는지 알렸다.

에비타라는 별칭으로 불리며 아르헨티나의 성녀로 추대받기도 한 에바 페론은 노동자들의 정치 참여와 지위 향상을 위해 노력을 많이 했다. 하지만 그녀에 대한 평가가 좋기만 한 것은 아니다. 그녀는 가족에게 높은 자리를 주었으며, 재단을 만들어 많은 사람에게서 기부금을 받았다. 자발적 기부도 있었지만 강제적인 것도 많았다. 게다가 재단에는 회계장부가 없었다. 그래서 사람들은 그녀가 돈을 마음대로 쓴다고 의심했다. 에바 페론이 돈을 좋은 일에 많이 쓴 것은 사실이지만 모피와 보석이 많았으니 의심을 받을 만하기도 했다.

에바 페론과 후안 페론이 노동자 계층의 마음을 많이 얻은 것은 사실이다. 하지만 페론 정권은 제2차 세계대전이 끝난 뒤 등장한 이데올로기인 인기영합주의, 즉 포퓰리즘의 대표적인 예였다. 페론의 이름을 따서 '페론주의'라고 불린 그의 정책 가운데는 대중의 비위를 맞추는 것이 많았다.

높은 인기 덕에 페론은 1951년 다시 한 번 대통령에 당선되었다. 하지만 국제 경제가 악화된데다가 국내 농업 생산량이 줄어드는 등 무역적자로 이어져 아르헨티나 경제가 어려워졌다.

게다가 민중의 지지를 받던 에바 페론이 서른넷의 나이에 암으로 사망하자 후안 페론에 대한 탄압이 심해졌다. 가톨릭교회도 페론에게 반기를 들었다. 민중의 지지를 얻어 대통령이 된 페론이 점점 독재자가 되었기 때문이다. 가톨릭교회가 등을 돌리자 페론은 가톨릭교회를 탄압하기 시작했다.

에바 페론이 죽은 뒤 민중의 지지를 잃기 시작한 후안 페론은 결국 군부의 손에 추방되었다. 호르헤 신부가 사제서품을 받은 지 2년 만이었다. 군부정권이 들어서고 더러운 전쟁이라 불리는 시기가 이어졌다. 아르헨티나는 위기에 직면했고, 시민들은 하루하루를 불안에 떨어야 했다.

1973년 페론이 다시 돌아와 군부세력을 밀어내고 대통령으로 선출되었다. 하지만 페론은 1년 만에 죽고, 당시 부통령을 맡고 있던 페론의 세 번째 아내 이사벨 페론이 대통령직을 승계했다. 이사벨 정부는 정치적 탄압을 엄청나게 했고, 경제를 바로잡는 데도 실패했다. 당시 1,000퍼센트 인플레이션으로 국가 경제는 마비상태였다.

부유한 국가였던 아르헨티나는 왜 이렇게 곤두박질치게 되었을까? 페론 정권이 노동자들의 근로조건을 개선하고, 일자리를 제공한 것은 사실이다. 하지만 노동조합은 페론 정권이 준 혜택에 길들여져 특권만 누리려 하고 생산성을 높이는 데는 실패했다. 기업들도 주체적인 발전 전략을 꾀하기보다 정부가 주는 특권을 누리려고만 들었다. 결국 아르헨티나 기업들은 경쟁력 없는 상품을 만들어 국내에 고가로 판매하는 관행에 익숙해졌고, 그 때문에 세계적으로 성장하는 기업이 없게 되었다.

이처럼 페론주의는 노동자들의 생산성을 마비시키고, 기업가들에게는 기업을 키우는 힘을 기르기보다 정부와 손잡고 정부 비위를 맞춰 돈을 버는 것이 이익이라는 것을 가르친 셈이다.

결국 1976년 육군사령관 호르헤 라파엘 비델라가 쿠데타를 일으켰다. 새로운 정권은 군사정권에 반대하는 세력을 무자비하게 제거했다. 더러운 전쟁으로 알려진 1976년에서 1983년까지의 끔찍한 시기에 아르헨티나는 구렁텅이에 빠져들었다. 호르헤 신부 역시 이 구렁텅이 속으로 끌려들어갈 수밖에 없었다.

수많은 사람이 실종되거나 목숨을 잃었다. 엄청난 공포감과 두려움이 사람들을 휘감았다. 정권에 대해 조금만 불만을 드러내도 체포되거나 목숨을 잃었다. 호르헤 신부는 많은 사제와 신도가 독재정권에 고통당할 때 그에 응답해야 했다. 사제들의 목숨도 지켜야 했고, 정부와 아슬아슬한 관계도 유지해야 했다. 독재

정권은 호르헤 신부를 곱게 보지 않았다. 그의 신부들이 정부에 반하는 행동을 한다며 데려갔다.

"우리는 사제입니다. 어떠한 경우에도 폭력은 안 됩니다. 우린 게릴라나 혁명가가 될 수 없습니다. 제발 폭력과 증오에 굴복하지 마십시오. 우린 사제입니다."

호르헤 신부는 중심을 지켜야 했다. 무기를 들고 투쟁에 뛰어드는 신부들을 보고만 있을 수 없었다. 관구장으로서 호르헤 신부는 투쟁에 뛰어드는 신부를 예수회에서 퇴회시키는 처벌을 할 수 있었다. 하지만 이것은 매우 어려운 일이었다. 호르헤 신부는 관구의 신부들을 설득하려고 노력했다.

어려운 시기일수록 사제가 중심을 잡아야 했다. 호르헤 신부는 치열하게 전쟁 중일수록 교회가 야전병원 역할을 해야 한다고 생각했다. 교회가 무기를 들고 전장 한복판으로 나가는 것은 옳은 일이 아니라고 생각했다. 하느님은 폭력에 의존하는 것을 거부한다고 생각했기 때문이다.

소신으로 오해를 이겨내다

자신이 하지 않은 일도 자신이 한 것처럼 말하
는 사람들도 많다. 하지만 호르헤 신부는 예수
님 말씀을 따라 오른손이 한 일을 왼손이 모르
게 행동했다.

"큰일 났습니다. 올란도 요리오 신부님과 프란치스코 할릭스 신부님이 납치되셨답니다."

뜻밖의 소식에 호르헤 신부는 잠시 현기증이 일며 멍해졌다. 그토록 우려하던 일이 벌어지고 만 것이다. 호르헤 신부는 마음을 진정하려고 애썼다.

사실 납치된 두 사람은 부에노스아이레스 빈민가에서 활발히 활동하는 사제들이었다. 매우 진보적인 그들의 성향은 고스란히 사람들에게 영향을 주었다. 호르헤 신부는 그들에게 그런 활동을 중단하라고 몇 번이나 요청했지만 소용없었다.

"아무래도 게릴라에 가담한 평신도 때문인 것 같아요."

소식을 전하는 신부의 목소리가 격앙돼 있었다. 하지만 호르헤 신부는 마음을 다잡았다. 호르헤 신부가 흔들리면 많은 사람도 그를 따라 흔들릴 것이 뻔했다.

"어디로 가셨는지 조용히 알아봐 주세요."

호르헤 신부는 사람들이 모르게 두 신부의 행방을 수소문했다. 두 신부는 정권 협력자들에게 의심을 받다 체포되어 해군기술학교에 수감되었다고 했다. 겉으로는 호르헤 신부가 수감된 신부들을 위해 아무런 행동을 하지 않는 듯 보였다. 게다가 당시 군사지도자인 호르헤 비델라를 위해 미사를 드려야 하는 신부를 대신해 비델라 집으로 찾아가 미사를 드리기까지 했다.

미사를 부탁받은 신부에게 아프다고 연극을 하게 하고, 그 신부를 대신해 호르헤 신부가 미사를 드리기 위해 집으로 찾아간 것이다.

사람들은 수군거렸다. 어째서 수감된 신부들을 위해 움직이지 않는지, 왜 비델라 집으로 가서 미사를 드렸는지 의심했다. 호르헤 신부가 군사정권의 협력자라고 오해하는 이들도 생겼다. 호르헤 신부의 진심을 모르는 사람들은 그를 마구 헐뜯고 의심했다.

하지만 모든 것은 오해였다. 자신의 행동을 드러내지 않는 호르헤 신부의 깊은 뜻을 알지 못한 탓이었다. 호르헤 신부는 백방으로 노력하고 있었다. 게다가 할릭스 신부를 걱정하고 있을 신부 가족과 형제를 위해 진심이 담긴 편지도 보냈다.

다른 신부를 대신해 비델라 집으로 찾아가 미사를 드린 것도 사실은 수감된 두 신부를 위해서였다. 호르헤 신부는 목숨을 걸고 비델라에게 자비를 베풀어달라고 간절히 호소하러 간 것이다.

결국 두 신부는 석방되었다. 하지만 호르헤 신부가 비델라 집에 미사 드리러 간 이유는 알지 못했다. 사람들은 마음껏 오해했다. 그러나 호르헤 신부는 두 신부가 무사히 석방된 것만 기뻐했다.

그뿐만 아니었다. 호르헤 신부는 많은 사람을 교회 안에 보호해 주었다. 자신과 비슷하게 생긴 사람이 쫓길 때는 자신의 신분증을 주어 외국으로 탈출할 수 있도록 도왔다.

사람들은 자신이 한 일을 이야기하길 좋아한다. 자신이 하지 않은 일도 자신이 한 것처럼 말하는 사람들도 많다. 하지만 호르헤 신부는 예수님 말씀을 따라 오른손이 한 일을 왼손이 모르게 행동했다.

사방에서 호르헤 신부를 헐뜯고 의심했다. 하지만 호르헤 신부는 변명하지 않았다. 오로지 기도와 묵상 등 자기만의 방법으로 혼란한 시기를 이겨냈다.

소신으로 오해를 이겨내다

겸손과 통찰력으로 주교가 되다

수많은 이유로 고통받는 사람들에게 호르헤 신부는 마음의 안정과 자유를 주고 싶었다. 그래서 영신수련 전문가가 되었다. 많은 사람이 호르헤 신부의 도움을 받아 영신수련을 해서 진정한 자유를 얻는 체험을 했다.

1986년 호르헤 신부는 독일 프라이부르크에서 신학박사 학위를 받았다. 호르헤 신부의 박사 학위 논문 주제는 가톨릭 철학자 로마노 과르디니의 사상이었다. 박사 학위를 받은 호르헤 신부는 아르헨티나로 돌아와 다시 학생들을 가르쳤다. 코르도바에 있는 예수회에서 고해 사제 일을 보기도 했다.

　　호르헤 신부는 성 이냐시오 로욜라가 발전시킨 영성학교에서 영신수련 전문가로도 활동했다. 영신수련은 마음의 근육을 키우는 훈련으로 가슴과 마음, 상상력을 이용해 기도 안에서 예수를 만나게 하고, 하느님의 뜻을 따르게 하는 것이다. 성 이냐시오 로욜라는 호르헤 신부가 처음 하느님 음성을 들을 때부터 마음에 품었던 분이다.

　　스페인 귀족 출신인 성 이냐시오 로욜라는 1521년 한 전투에 참가했다가 부상을 당해 병원에 입원했다. 그는 그곳에서 교회 관련 서적들을 보고 크게 감명받았다. 몸이 회복되자 성 이냐시오 로욜라는 군인 생활을 청산하고 아시시의 성 프란치스코처럼 하느님의 사람이 되기 위해 노력했다.

　　그는 동굴에 들어가 단식하며 기도와 명상 생활에 힘썼는데 이런 생활을 통해 영적 지도자로 이름이 높아졌다. 훗날 그는 예수회를 세우고 초대 총장으로 선출되었다. 그는 예수회 동지들을 곳곳으로 보내 학교를 세웠다. 1556년 사망한 그는 자신에게는 늘 엄격했으나 다른 사람들에게는 온화하고 따뜻한 사람이었다.

성 이냐시오 로욜라 사망 후인 1609년 7월 27일 교황 바오로 5세가 시복(시복은 로마 가톨릭에서 교황청이 공식적으로 시복 절차를 거쳐 '복자(il beato/the Blessed)'로 인정한 모범적인 신앙의 증거자를 말한다)했으며, 1622년 3월 13일 교황 그레고리오 15세가 성인으로 추대했다.

호르헤 신부는 성 이냐시오 로욜라처럼 영신수련에 힘썼다. 수많은 이유로 고통받는 사람들에게 호르헤 신부는 마음의 안정과 자유를 주고 싶었다. 그래서 영신수련 전문가가 되었다. 많은 사람이 호르헤 신부의 도움을 받아 영신수련을 해서 진정한 자유를 얻는 체험을 했다.

그러던 어느 날, 호르헤 신부에게 뜻밖의 일이 일어났다. 가르치고 봉사하는 일로 하루하루를 보내던 중 1992년 5월 20일 복자 요한 바오로 2세 교황에게서 주교 임명을 받은 것이다.

1992년 5월 13일, 호르헤 신부는 아르헨티나 주재 교황대사인 우발도 칼라브레시와 만나고 있었다. 호르헤 신부는 교황대사의 부탁으로 공항청사로 갔다. 그곳에서 교황대사와 호르헤 신부는 여러 가지 문제에 대해 이야기를 나누었다. 한참 이야기를 나눈 뒤 교황대사가 탈 비행기 탑승 안내가 들려올 때였다.

"참, 마지막으로 전할 게 있어요. 부에노스아이레스 보좌 주교로 발령 나셨어요. 공식 임명일은 20일입니다."

별일 아닌 이야기를 전하듯 교황대사가 전한 이야기를 듣고 호르헤 신부는 한동안 멍했다. 마치 온몸이 마비된 사람처럼 꼼짝할 수 없었다. 호르헤 신부는 좋은 일이든 나쁜 일이든 무언가에 충격을 받으면 늘 멍해졌다. 그래서 어떤 일을 겪든 첫 반응은 시원치 않은 편이었다.

주교는 가톨릭 교구를 관할하는 성직자이다. 예수 그리스도는 신의 나라를 선교하기 위해 사도 12명을 시켜 교회를 세웠다. 이 사도들의 사명을 계승하는 것이 바로 주교이다. 사도의 우두머리는 예수님의 제자 베드로이고, 베드로의 후계자는 로마 교황이다. 전 세계 주교들은 교황을 포함해 주교단을 형성하고 교회 사목의 최고 책임을 담당한다. 주교는 총대주교, 수도대주교, 대주교, 주교, 명예주교로 나뉘는데, 주교는 주교구의 장을 의미한다. 주교는 많은 교구 사제와 일반 사제를 거느리게 된다. 주교가 되면 사제가 되는 의식인 신품성사와 견진성사를 주도한다. 또 더 많은 책임과 희생, 봉사를 짊어져야 한다.

부에노스아이레스의 추기경 안토니오 콰라시노는 일찍부터 호르헤 신부의 지성과 인품, 영적 지도자로서의 자질을 높이 평가하고 있었다. 그래서 교황께 간청했고, 1992년 6월 27일 호르헤 신부는 주교서품을 받게 되었다.

호르헤 신부의 주교서품식에는 많은 사람이 참석했다. 호르헤 신부를 알고 있는 수많은 사람과 그의 도움을 받은 사람들, 가족, 그를 존경하는 사람들이 코르도바 성당을 가득 메웠다. 대주교 콰라시노와 주교 우발도 칼라브레시, 메르체데스 루한 에밀리오 오네노비치의 축복 속에 호르헤 신부는 주교서품식을 치렀다.

당시 호르헤 신부는 쉰다섯으로 교회 안에서 유명한 인물은 아니었다. 하지만 소박하고 겸손한 분위기를 풍기는 신부로 사람들에게 좋은 인상을 주고 있었다.

주교가 된 호르헤 신부는 주교 모토를 '자비로이 부르시니'로 결정했다. 주교 모토는 주교의 철학과 인격을 표현하는 것으로,

호르헤 신부가 선택한 구절은 성 베다의 강론에서 가져온 것이다.

주교가 된 호르헤 신부는 추기경을 보좌하고 학생들과 교수들의 영성을 지도하였다. 또 성당 젊은이들을 상대로 상담과 고해성사를 해주었다. 호르헤 신부에 대한 평판은 아주 좋았다. 대교구에서는 유명한 사람이 아니었지만 모두 그를 겸손하고 통찰력 있는 사람이라고 평가했다.

겸손과 통찰력으로 주교가 되다

프란치스코 교황님과
함께 이야기 나누어요

전쟁과 폭력

프란치스코 교황님께

교황님, 안녕하세요? 저는 아프가니스탄에서 사는 파르하드라고 해요. 올해 열다섯 살이 되었어요. 저는 지금 유니세프에서 운영하는 재활센터에 다녀요. 그곳에서 자원 봉사자님의 도움으로 교황님을 알게 되었어요. 교황님이 환하게 웃으시는 모습과 설교하시는 모습을 보고 저는 아기처럼 엉엉 울었어요.

우선 제 이야기를 하는 게 예의겠지요? 저는 아프가니스탄에 있는 카불에서 태어났어요. 학교는 초등학교만 간신히 졸업했고요. 교황님도 아시겠지만 제가 태어난 아프가니스탄은 37년째 내전 중이에요. 사실 전 아무것도 몰랐어요. 우리나라에서 어떤 일이 벌어지고 있는지, 내가 왜 전쟁터에 나가야 했는지.

전 초등학교를 졸업하던 해에 전쟁터로 나가야 했어요. 아빠랑 삼촌은 이미 전쟁터에서 목숨을 잃으셨어요. 저와 제 친구들도 전쟁터로 끌려가야 했어요. 전쟁터는 너무 무시무시했어요. 제 친구가 탈레반 민병대에게 목숨을 잃는 것도 봐야 했어요.

어른들이 그러시는데 공산주의자들이 일으킨 쿠데타 때문에 전쟁이 시작된 거래요. 탈레반 정부가 들어서고는 모든 것이 무시무시해졌고요. 탈레반 정권은 이슬람 규칙에 따른다면서 여성들이 외출도 못하게 했어요. 엄마에게 들은 이야기들은 정말 소름 끼치는 것뿐이었어요. 반란군으로 지목되면 살아남기 힘들었고요. 다행히 탈레반 정권은 물러났지만 아직도 무장단체인 탈레반은 아프가니스탄 곳곳을 공격해요.

저는 소년병으로 징집되어 전쟁터에서 전쟁을 겪으면서 생각을 많이 했어요. 사실 저와 같은 학교에 다닌 친구 마수드의 아버지는 탈레반 민병대 대원이에요. 소년병으로 전쟁터에 나갔을 때 마수드 아버지를 보았지요. 이글이글 타오르는 눈빛으로 우리 쪽을 향해 총알을 퍼붓는 마수드 아버지 모습은 너무나 끔찍했어요. 어릴 때 내가 보았던 마수드 아버지는 참 좋은 사람이었어요. 그런데 왜 그런 마수드 아버지가 변했을까요? 도대체 왜 마수드 아버지는 탈레반 민병대 대원이 되었을까요? 마수드는 어떻게 살고 있을까요?

저는 전쟁터에서 탈레반 민병대가 던진 폭탄에 맞아 다리를 잃고 말았어요. 폭탄을 맞는 순간 정신을 잃으며 이젠 죽는구나 생각했지요. 하지만 다행히 구조되어 유니세프 재활센터에 오게 되었고, 이곳에서 새 삶을 살고 있어요.

그런데 교황님께 이렇게 편지를 쓰게 된 것은 기도를 부탁드리기 위해서예요. 교황님, 우리 가족과 저처럼 소년병으로 나간 친구들을 위해 기도해 주세요. 그리고 제발 이 끔찍한 전쟁이 끝나게 해달라고 기도해 주세요. 부탁드려요.

파르하드 친구에게

파르하드, 안녕하세요? 프란치스코 교황이에요. 파르하드의 편지를 받고 마음이 너무 아팠답니다. 아직도 끔찍한 전쟁이 벌어지는 곳이 있다는 것이 너무 가슴 아프고 속상해요. 어린 나이에 겪지 않아도 될 고통을 겪었지만 이겨내고 씩씩하게 생활하는 파르하드가 대견하군요.

파르하드의 부탁은 잊지 않을게요. 그리고 사람들과 함께 아프가니스탄과 아프가니스탄의 모든 어린이를 위해 기도드릴게요. 파르하드, 어디서든 꿈을 잃지 말고 행복하길 바랍니다.

전쟁과 폭력에 대해 이야기 나눠 볼까요?

우리 친구들, 안녕하세요? 호르헤 신부입니다. 여러분이 알고 있는 프란치스코 교황이에요. 오늘은 우리 친구들과 전쟁과 폭력에 대해 이야기 나누고 싶어요.

우리 친구들은 전쟁이나 폭력을 경험한 적이 있나요? 아마 많은 친구는 전쟁의 고통을 겪지 않았을 거예요. 물론 아프가니스탄에 살고 있는 친구들이나 분쟁이 끊이지 않는 중동 지역에 사는 친구들은 전쟁의 고통을 경험해 봤을 테지만요.

내가 태어나기 전에는 제1차 세계대전과 제2차 세계대전이라는 끔찍한 전쟁이 있었지요. 두 번의 전쟁은 많은 것을 앗아갔어요. 수많은 인명피해, 재산피해, 폐허가 되어버린 국가들. 아마 하느님도 몹시 고통스러우셨을 거예요.

폭력적인 전쟁이 무서운 이유는 모든 것을 파괴하기 때문이에요. 그리고 그 전쟁의 피해는 가장 약한 사람들이 당하게 됩니다. 전쟁으로 부모를 잃고 고아가 된 어린이들, 파르하드처럼 다친 어린이들, 피어보지도 못하고 목숨을 잃은 어린이들.

내가 태어난 아르헨티나도 전쟁 같은 슬픈 일이 많았답니다. 쿠데타와 폭력적인 사건, 파업, 경제 위기. 그런 사건들은 늘 폭력과 함께 찾아왔지요.

흔들리는 아르헨티나에서 내 마음을 지키고, 휘청거리는 다른 사람들의 마음을 지켜달라고 하느님께 기도하는 일은 매우 어렵고 힘든 일이었어요.

하지만 어려운 일이 생길 때마다 늘 기도하며 고민했어요. 폭력에 폭력으로 대항하는 건 옳지 못하거든요. 폭력에 폭력으로 대항하기 때문에 전쟁이 생기는 것이라고 생각해요.

우리 친구들도 작은 폭력이라도 쓰지 않는 사람이 되면 좋겠어요. 언어폭력이든, 신체폭력이든 작은 폭력이라도 쓰게 되면 그 대가를 치르게 된다는 사실을 잊지 않으면 좋겠어요.

💬 폭력이란 무엇인가?

사전적 의미를 살펴보면 폭력이란 불법적인 물리적 강제력을 말해요. 넓게 말해 강제적인 물리적 행위라고 할 수 있겠죠? 요즘은 신체적 물리력은 물론이고 언어적·정신적 폭력까지 넓게 사용하지요.

우리 친구들이 많이 들어본 학교 폭력, 가정 폭력이라는 말도 있어요. 학교 폭력은 요즘 많은 친구에게 고통을 주는 것으로 자칫하면 한 생명을 죽음으로까지 몰고 갈 수도 있어요. 누군가를 물리적으로 때리는 것만이 폭력이 아니거든요.

폭력은 어떤 의미에서든 용납할 수 없어요. 세상에 정당한 폭력은 없어요. 폭력은 폭력을 당하는 사람은 물론 행사하는 사람에게도 상처를 준답니다. 폭력을 행사하는 사람 역시 한두 번 폭력을 행사하다 보면 마음이 망가집니다. 그런 사람은 습관적으로 폭력을 행사하게 되고, 자신을 망가뜨리게 되거든요. 폭력을 당하는 사람 또한 신체적 상처는 물론이고 마음에도 깊은 상처를 입게 돼요.

그렇기에 가장 가까운 사람에게 신체적으로든, 언어로든, 정신적으로든 폭력을 행사하지 않도록 항상 배려하고 용서하는 마음을 가지세요. 폭력이 용납되는 사회에서는 전쟁도 쉽게 일어날 수 있거든요.

폭력과 전쟁이 나쁜 것은 가장 나약한 사람에게 큰 대가를 치르게 하기 때문이에요.

💬 우리를 가슴 아프게 했던 전쟁

인류가 이 땅에서 살기 시작한 이래 수없이 많은 전쟁이 일어났어요. 전 세계를 공포로 몰아넣고 폐허로 만들었던 제1, 2차 세계대전을 비롯해 전쟁은 우리가 힘들게 이뤄놓은 것을 망가뜨리고 우리 가슴을 병들게 했어요.

근래에 일어난 전쟁 중 우리 가슴을 아프게 했고, 우리가 잊지 말아야 할 전쟁들에 대해 이야기해 볼게요.

참, 전쟁의 근원에는 정치적 이해나 경제적 이익, 폭력, 시기, 질투가 깔려 있다는 것을 꼭 잊지 마세요.

6 · 25전쟁

1950년 대한민국에서 일어난 이 전쟁은 같은 민족끼리 총구를 겨눴다는 점에서 아주 비극적인 전쟁이에요. 현재도 휴전 상태로 남과 북으로 나뉘어 긴장 속에서 살고 있어요.

아프간 내전

파르하드가 보내준 편지에서 알 수 있는 아프간 내전이에요. 아프간 역시 같은 나라 사람끼리 37년간 서로에게 총부리를 겨누며 전쟁하고 있어요. 이 전쟁으로 수만 명의 죄 없는 민간인이 목숨을 잃었고, 파르하드처럼 어린이들이 전쟁터로 내몰리고 있어요.

이스라엘과 레바논의 전쟁

2006년에 일어난 이스라엘과 레바논의 전쟁은 수많은 사망자를 냈어요. 이 전쟁의 역사를 살펴보려면 좀 복잡해요. 아주 오래전으로 거슬러 올라가야 하거든요. 이스라엘의 땅에 팔레스타인 민족이 살고 있었어요. 이스라엘 사람들은 그 땅이 자신들의 땅이었다고 주장하면서 팔레스타인 민족과 전쟁을 벌이게 되었고, 그 과정에서 팔레스타인 민족은 미국의 도움을 받은 이스라엘에 패하고 말았어요.

이후에도 이스라엘은 팔레스타인 민족을 계속 핍박했어요. 그러면서 레바논과 전쟁도 일어나게 되었어요. 레바논도 이스라엘에 감정이 좋지 않은데요. 이유는 중동전쟁 때 전략 요충지라고 할 수 있는 골란고원을 빼앗겼기 때문이에요.

레바논 국민은 팔레스타인 민족과 형제라고도 할 수 있어요. 그런 팔레스타인 민족이 핍박받고 쫓겨나는 모습을 본 레바논 무장단체 헤즈볼라가 이스라엘을 공격해서 일어나게 된 전쟁이에요.

중동전쟁

중동전쟁은 이스라엘과 아랍제국 간의 전쟁을 말해요. 지금까지 네 차례 전쟁이 일어났고 현재도 그리 사이가 좋은 편은 아니지요. 중동의 갈등은 이스라엘이 국가를 세우면서 시작되었다고 볼 수 있어요. 선민의식을 가진 이스라엘 민족이 하느님이 자신들께 주셨다고 믿는 땅으로 돌아오면서 그곳에 살고 있던 팔레스타인 민족과 크고 작은 전쟁이 시작되었거든요.

💬 **함께 생각해 봐요**

전쟁과 폭력에 대해 어떻게 생각하나요? 전쟁과 폭력을 끝내는 방법에는 어떤 것들이 있을까요?

온화한 지도자

권위를 버린

4

지하철을 타고 출근하는 대주교

그는 권위를 버린 지도자이길 원했다. 권위는
스스로 세운다고 세워지는 것이 아니다. 그는
한 발 내려서 겸손한 마음으로 사람들의 마음을
얻고자 노력했다. 교구 사제들과 원활히 소통하
기 위해 자신과 늘 통화할 수 있는 직통 전화번
호를 공개했으며, 사제들에게 문제가 없는지 늘
살폈다.

보좌 주교로 임명된 호르헤 신부는 대교구 플로레스 지역의 주교 대리로 콰라시노 추기경을 도왔다. 1년 후인 1993년에는 총대리로 임명되어 대교구의 일상 업무와 행정을 책임지게 되었다.

보좌 주교로 바쁜 나날을 보내던 호르헤 신부는 1997년 5월 27일 오전, 칼라브레시 교황대사에게서 걸려온 전화를 받았다.

"잘 지내고 계신가요? 점심을 함께하고 싶은데 괜찮으신가요?"
"네. 괜찮고말고요. 시간 맞추어 가겠습니다."

언제나 그렇듯 온화한 목소리로 통화를 마친 호르헤 신부는 오전 업무를 마치고 약속 장소로 갔다.

호르헤 신부는 교황대사와 담소를 나누며 즐겁게 식사했다. 식사를 마치고 커피가 나올 때쯤이었다. 종업원이 케이크와 샴페인을 가져왔다. 호르헤 신부는 교황대사의 생일이 아닐까 하는 생각이 들었다. 호르헤 신부가 조심스레 축하 메시지를 전하려는데 교황대사가 뜻밖의 이야기를 꺼냈다.

"축하합니다. 부에노스아이레스의 부교구장 주교가 되셨습니다."

호르헤 신부는 또 한 번 멍한 상태에 빠져들었다. 부에노스아이레스의 부교구장 주교가 된다는 것은 콰라시노 추기경의 임기가 끝나면 호르헤 신부가 대교구장으로 취임한다는 것을 의미했기 때문이다.

콰라시노 추기경은 건강이 매우 좋지 않았다. 그는 호르헤 신부의 능력을 일찌감치 알아챘다. 그래서 호르헤를 보좌 주교로 지명한 것이다. 그의 선택은 틀리지 않았다. 호르헤 신부는 지도자로서 훌륭했다. 콰라시노 추기경은 건강에 이상이 생기자 호르헤 신부를 주교 승계권이 있는 부주교로 승진시켰다. 이는 호르헤 신부가 자동으로 교구의 인도자 위치에 오름을 의미했다.

호르헤 신부가 부교구장 주교 자리에 오른 지 1년도 되지 않은 1998년 2월 28일 콰라시노 추기경이 뇌경색으로 선종했다. 절차에 따라 호르헤 신부는 대교구장직을 승계하게 되었다.

대주교 자리에 오른 호르헤 신부는 늘 겸손한 마음을 잃지 않았다. 당시 부에노스아이레스에는 250만 명 가까운 가톨릭 신자가 있었다. 또 3,800명이나 되는 사제와 181개 본당이 있었다. 호르헤 신부는 최선을 다해 사제들을 살피고 신자들을 도왔다. 호르헤 신부는 예수회 회원으로는 처음으로 대주교로 봉사하는 사람이 되었다.

위치가 바뀌면 자기도 모르는 사이에 변하는 사람들이 많다. 늘 마음을 다잡지 않으면 종교인이라 해도 마찬가지다. 그래서 과거 교황 중에는 매우 권위적인 사람도 많았다.

하지만 호르헤 신부는 달랐다. 그는 대주교 자리에 올랐어도 변함없었다. 하느님의 사람이 되겠다고 결심한 순간 가졌던 마음을 잊지 않으려 노력했다. 그는 대주교가 되어서도 가난한 사람들을 위해 헌신하겠다는 굳은 마음을 잊지 않았다.

그는 권위를 버린 지도자이길 원했다. 권위는 스스로 세운다고 세워지는 것이 아니다. 그는 한 발 내려서 겸손한 마음으로 사람들의 마음을 얻고자 노력했다. 교구 사제들과 원활히 소통하기 위해 자신과 늘 통화할 수 있는 직통 전화번호를 공개했으며, 사제들에게 문제가 없는지 늘 살폈다. 또 문제가 생기면 그 상황을 잘 해결하기 위해 노력했다.

한 번은 큰 병에 걸린 사제의 사제관을 방문한 적이 있다. 위로 메시지를 전하는 것만으로도 충분하지만 호르헤 신부는 밤을 지새우며 아픈 사제를 직접 돌보았다.

호르헤 신부는 틈틈이 자신의 교구에 속한 교회들을 방문해 사제들을 격려했다. 사제들은 그런 그를 매우 가깝게 여기고 의지하게 되었다.

호르헤 신부는 사제들이 그동안 겪은 대주교들과 다른 점이 많았다. 대주교가 되면 사람들은 대주교에게 '각하'라는 칭호를 붙였다. 하지만 호르헤 신부는 그렇게 불리길 원치 않았다.

"저는 호르헤 신부입니다. 지금까지도 그랬고, 앞으로도 그럴 것입니다. 저를 부를 때는 호르헤 신부라고 해주세요."

대주교 자리에 올랐지만 친근한 동네 성당 신부 모습인 호르헤 신부에게 많은 사제가 감명을 받았다.

호르헤 신부에게 감명 받을 일은 그뿐만이 아니었다.

"저는 관저 대신 대성당 주교관 2층에 있는 아파트에서 살겠습니다."

호르헤 신부 이야기에 모두 깜짝 놀랐다. 대주교가 되면 관저에서 지내는 것이 관례였다. 하지만 호르헤 신부는 크고 아름다운 관저 대신 대성당 주교관 2층에 있는 작은 아파트를 선택했다. 호르헤 신부는 전용 요리사도 두지 않았다.

"그래도 바쁘실 텐데 직접 요리까지 하시는 건……."
"아니요, 제 입맛은 제가 제일 잘 아니까요."

호르헤 신부는 요리도 직접 해서 먹었다. 운전기사도 두지 않았다. 택시도 타지 않았다. 놀랍게도 그는 지하철을 타고 다녔다. 지하철에서 대주교를 보았다는 소문은 삽시간에 퍼져나갔다.
시내버스나 지하철에서 검은색 사제복을 입고 신문을 보는 호르헤 대주교를 보았다는 사람들이 늘었다. 호르헤 신부는 대중교통을 이용하다 출근하는 사람들을 만나면 편하게 이야기를 주고받았다.

권위를 버린 따뜻한 지도자

호르헤 신부는 화려하고 유명한 사람은 아니었
다. 하지만 누구보다 겸손한 자세로 사랑과 자
비를 실천하는 사제였다. 검소하고 온화한 사
람. 게다가 권위를 버린 따뜻한 지도자였다.

2001년 2월 21일 추기경단 회의에서 교황 요한 바오로 2세는 대주교 호르헤 마리오 베르골료를 추기경으로 서임했다.

요한 바오로 2세는 제264대 로마 교황으로 455년 만에 선출된 비이탈리아 출신 교황이다. 그는 또한 20세기 최연소로 교황에 오른 사람이었다. 폴란드에서 태어난 그는 문학, 연극, 스포츠 등 다양한 분야에 재능이 있었다.

하지만 그의 젊은 시절은 순탄치 않았다. 폴란드에서 태어난 그는 청년기를 나치하에서 보냈다. 폴란드를 점령한 나치는 유대인을 마구 잡아들였다. 히틀러는 남녀노소를 불문하고 유대인을 잡아들였다. 사람들은 모두 공포에 떨어야 했다. 유대인을 숨겨주기만 해도 벌을 받았다. 잡혀온 유대인은 곳곳의 게토에 수감되었다. 그중에서도 폴란드에 있는 아우슈비츠는 학살의 현장으로 악명이 높았다.

요한 바오로 2세는 공포의 시기를 견뎌냈다. 그가 그 시기를 견뎌낼 수 있었던 것은 바로 하느님 덕분이었다. 끔찍한 전쟁과 배고픔을 겪은 그는 사제가 되어 하느님의 사랑을 실천하고자 노력했다. 지하 신학교에 들어간 요한 바오로 2세는 1946년 11월 1일 사제서품을 받았다.

이후 로마와 이탈리아 등에서 공부를 마친 요한 바오로 2세는 하느님의 사람으로 사람들을 위해 헌신하고 봉사했다. 젊은이와 힘없고 나약한 사람들을 위해 복음을 전파하고 노력하던 그는 추기경으로 서임된 이후 1978년 요한 바오로 1세의 뒤를 이어 교황에 선출되었다.

교황 요한 바오로 2세는 대화와 용서, 화해를 추구하며 종교 간의 불신을 없애려고 노력했다. 요한 바오로 2세는 재임기간에 129개국을 방문했다. 불평등과 가난, 전쟁, 고통으로 신음하는 나라들을 방문했다. 교황 방문은 마치 순례와도 같았다. 먼 거리도, 위험한 곳도 마다하지 않았다. 교황은 가난하고 힘없는 사람들이 인간다운 삶을 살 수 있기를 바랐다.

교황으로 즉위한 후 처음 방문한 나라는 멕시코이다. 당시 멕시코는 교권을 인정하지 않는 나라였다. 많은 사람이 교황의 멕시코 방문을 반대했다. 암살 위험이 있었기 때문이다. 하지만 요한 바오로 2세는 개의치 않았다. 다행히 멕시코 방문은 성공적이었다. 멕시코를 시작으로 요한 바오로 2세는 수많은 나라를 다니며 복음을 전파했다.

요한 바오로 2세는 자신이 방문하는 나라에 도착하면 무릎을

꿇고 땅에 입을 맞추었다. 훗날 건강이 나빠져 무릎을 꿇기 어렵
게 되었을 때는 접시에 그 땅의 흙을 담아 입을 맞추기도 했다.

요한 바오로 2세는 상냥하고 세심했다. 또 매우 인간적이고 소
박했다. 교황의 복장도 간소화했고 공식 의례도 간소화했다.

바쁜 와중에도 매주 수요일 오후가 되면 베드로 광장에서 수많
은 사람을 만났다. 1981년 5월 13일 수요일도 여느 수요일과 다름
없이 요한 바오로 2세는 베드로 광장에 나와 사람들을 만나고 있
었다. 그런데 갑자기 총성이 한 발 들렸다. 사람들의 비명과 함께
총성 한 발이 더 들렸다. 그리고 교황이 힘없이 바닥에 쓰러졌다.

첫 번째 총알은 요한 바오로 2세의 배를 관통했고, 두 번째 총
알은 교황의 왼손 둘째손가락에 골절상을 입혔다.

"교황님, 괜찮으세요?"

베드로 광장은 순식간에 아수라장이 되었다. 쓰러진 교황의 배
에서는 피가 흘러나왔다. 교황은 곧 병원으로 옮겨졌고, 다행히
목숨을 구했다. 교황의 상처가 매우 깊었기 때문에 모두 교황이
살아난 것이 기적이라고 얘기했다. 오랜 시간 병원에서 치료받은

호르헤 신부는 화려하고 유명한 사람은 아니었다.
하지만 누구보다 겸손한 자세로 사랑과 자비를 실천하는 사제였다.
검소하고 온화한 사람. 게다가 권위를 버린 따뜻한 지도자였다.

교황은 몸을 회복했다.

1983년 12월 27일 교황은 렙비아 감옥으로 가 자신을 쏜 범인을 만났다. 그리고 그를 용서하고 또 용서했다. 사랑과 자비를 몸소 실천한 것이다.

요한 바오로 2세는 1992년 안토니오 콰라시노 추기경의 간곡한 청으로 호르헤 신부를 주교로 임명한 바 있다. 그때 콰라시노 추기경에게 호르헤 신부에 대해 들어 알고 있었지만 그 뒤 대주교가 된 호르헤의 행적은 매우 감동적이었다. 호르헤 신부는 화려하고 유명한 사람은 아니었다. 하지만 누구보다 겸손한 자세로 사랑과 자비를 실천하는 사제였다. 검소하고 온화한 사람. 게다가 권위를 버린 따뜻한 지도자였다. 가난한 사람들의 벗이 되고자 노력하는 모습은 요한 바오로 2세도 추구하는 것이었다.

요한 바오로 2세는 콰라시노 추기경의 뒤를 이어 대주교직을 성실히 수행하고 있는 호르헤를 추기경으로 임명했다.

소박한 삶을 살다
변함없이 검소하고

사제들은 놀랐지만 베르골료 추기경의 뜻에 따
랐다. 새 예복을 맞추지 않겠다는 생각은 어쩌
면 가장 호르헤다운 생각이었다. 늘 검소하고
소박하게 생활했으니 추기경 서임식을 위해 새
예복을 맞추지 않겠다는 것은 당연한 일인지도
몰랐다.

교황 요한 바오로 2세가 호르헤 대주교를 추기경으로 서임했다는 사실이 공식적으로 발표되었다. 소식을 들은 많은 사람이 호르헤 대주교를 만나러 왔다.

"정말 축하드려요."
"주교님, 축하드려요."

사제들을 비롯해 수많은 신자가 축하 인사를 전했다. 늘 그렇듯이 호르헤 대주교는 담담한 표정을 지었다. 오히려 마음은 무거웠다. 추기경은 교황 다음 가는 성직을 뜻한다. 추기경은 교황의 최측근에서 교황을 보좌하며 교황 부재 시에는 교황을 대리한다. 또 추기경 회의에서 교황을 선출한 권한을 갖는다.

세상에는 사제가 수없이 많다. 모두 하느님의 복음을 전파하며 신자들을 돌본다. 사제가 된다는 것은 많은 것을 포기한다는 것을 의미한다. 사제는 결혼도 하지 않으며, 가족과도 이별해야 한다. 오로지 하느님의 사람으로서 하느님의 복음을 전파하고 신자들을 위해 헌신하고 봉사해야 한다.

하느님께 자신을 온전히 내놓아야 하는 것이 바로 사제의 길이다. 사제의 삶은 평생 부귀영화를 누리는 일과는 거리가 먼 것이다. 평사제로 남는 이도 있지만 호르헤 대주교처럼 어떤 사제는 주교, 대주교를 거쳐 추기경 자리에 오르기도 한다. 추기경 자리에 오르면 사제관보다 좋은 관저에서 생활할 수 있고, 운전기사를 두거나 전용 요리사를 두는 등 일반 사제보다 넉넉하고 편하게 생활할 수 있다. 모두 그런 대우를 당연하게 받아들였다. 대주교의 막중한 책임과 지도자로서 권위를 유지하기 위해 당연한 일이라고 생각했다.

하지만 호르헤 베르골료 추기경은 응당 누려야 하는 것들도 거절했다. 늘 검소하고 소박하게 살아왔으며 교회는 가난해야 한다고 생각했기 때문이다.

사제의 길을 걷기 시작한 이후 호르헤는 이른 나이부터 지도자 위치에 서거나 누군가를 가르치고 이끌어야 하는 자리에 섰다. 호르헤는 그런 위치에 설 때마다 겸손함을 잃지 않았으며, 늘 준비하고 노력했다. 또 자신의 부족함과 실수를 숨기지 않았다. 그런 그의 성품이 다른 사람들에게 깊은 감화를 주었다. 그리고 그런 자리에 오를 수 있었다.

"호르헤 신부님, 서임식에 맞춰 예복과 제의를 준비해야죠?"

추기경 서임식이 다가오자 호르헤 베르골료 추기경의 일을 돕는 사제가 말했다. 추기경이 되면 사제가 입는 수단을 새로 맞춘다. 사제가 입는 옷인 수단은 색깔에 따라 의미가 다르다. 평사제들이 입는 수단은 검은색인데, 검은색은 세속에서 죽음을 의미한다. 사제가 되어 검은색 수단을 입는다는 것은 세속의 삶을 정리하고 남은 삶을 하느님께 바쳤다는 것을 의미한다.

대주교와 주교는 자주색 수단을 입고 추기경은 진홍색 수단을 입는다. 자주색과 진홍색은 순교자의 피를 의미한다. 마지막으로 교황이 입는 흰색 수단은 예수 그리스도의 대리자를 의미한다. 사제들은 자신에게 맡겨진 책임감을 수단의 색깔로 표현했다.

"아니에요. 준비하지 마세요. 전 콰라시노 추기경께서 입던 옷을 수선해서 입을 거예요."

사제들은 놀랐지만 베르골료 추기경의 뜻에 따랐다. 새 예복을 맞추지 않겠다는 생각은 어쩌면 가장 호르헤다운 생각이었다. 늘 검소하고 소박하게 생활했으니 추기경 서임식을 위해 새 예복을 맞추지 않겠다는 것은 당연한 일인지도 몰랐다.

"그런데 호르헤 신부님, 추기경 서임식에 많은 사람이 참석하고 싶어해요. 그래서 로마로 가는 대순례단을 모으고 있다고 해요."
"오, 그건 안 돼요."

사제들의 말에 베르골료 추기경은 고개를 저었다. 당시 아르헨

로마로 가서 추기경 서임식을 치르고 온 베르골료 추기경은
여전히 일반 사제들이 입는 평범한 검은 수단을 입었고,
작은 난로가 전부인 좁은 아파트에서 직접 요리를 해 먹으며 생활했다.

티나는 심각한 경제 위기를 겪고 있었다. 수많은 사람이 일자리를 잃고 경제적 고통에 시달리고 있었다. 베르골료 추기경은 그런 상황에서 자신을 위해 사람들이 많은 돈을 들여 로마에 가는 것을 원치 않았다.

"부탁드립니다. 로마로 가는 여행 경비를 가난한 사람들에게 기부해 주세요. 하느님은 여러분이 제 서임식을 보기 위해 로마로 가는 것보다 그 일을 더 기뻐하실 겁니다."

베르골료 추기경의 이야기를 들은 사람들은 그에게 또 한 번 감탄했다. 로마로 가서 추기경 서임식을 치르고 온 베르골료 추기경은 여전히 호르헤 신부로 불리기를 원했다. 아무것도 변한 것이 없었다. 그는 여전히 일반 사제들이 입는 평범한 검은 수단을 입었고, 작은 난로가 전부인 좁은 아파트에서 직접 요리를 해 먹으며 생활했다. 그리고 늘 그랬듯이 기사가 딸린 승용차 대신 대중교통을 이용했다.

온화하지만 엄격한 지도자

베르골료 추기경은 경제 위기로 고통받는 사람
들을 위해 직접 나섰다. 교구의 자선단체들을 움
직여 시민들을 위한 무료 급식소를 만들고, 집을
잃은 사람들이 쉴 수 있도록 쉼터를 열었다.

호르헤가 추기경이 된 2001년, 아르헨티나 국민은 격렬한 한 때를 보내고 있었다. 1983년 군사독재 정권이 물러난 아르헨티나에서는 민주주의 선거를 할 수 있게 되었다. 국민은 급진 정당의 손을 들어주었다. 그러나 국민 기대를 저버린 급진 정당은 경제 개발에 실패했다.

1998년 결국 페론 정당이 복귀했다. 페소 가치를 올리기 위한 정책과 민영화 정책을 추진한 카를로스 메넴의 페론 정당은 인플레이션은 잡았다. 하지만 불황의 여파로 실업자들이 양산되는 것까지는 막지 못했다.

이후 다시 급진 정당을 등에 업은 연합 정당이 정권을 잡았다. 엄청난 채무를 떠안은 이들은 국가의 채무불이행을 막기 위해 강력한 조치를 취했다. 하지만 화폐 가치는 엄청나게 떨어진 뒤였다. 극심한 공황이 이어졌고 중산층은 붕괴하고 말았다.

결국 정부는 은행 예금 인출 동결 조치까지 취하고 말았다. 이에 아르헨티나 국민은 격분했다. 사람들은 거리로 뛰쳐나와 경제 위기를 규탄하는 시위를 벌였다.

2001년 12월 20일, 베르골료 추기경은 자신의 집무실 창문을 통해 마요 광장에서 벌어진 시민 시위대와 경찰의 충돌을 보게 경제 위기로 고통받는 사람들을 위해 직접 나섰다.
교구의 자선단체들을 움직여 시민들을 위한 무료 급식소를 만들고,
집을 잃은 사람들이 쉴 수 있도록 쉼터를 열었다. 격동의 시기를 보내는 시민들에게
믿고 의지할 교회가 있다는 것을 잊지 않도록 알렸다.

되었다.

"아니, 저럴 수가!"

항상 온화한 웃음을 잃지 않는 추기경의 양미간이 찌푸려졌다. 항의하는 평범한 시민들을 향한 경찰의 대응이 부당해 보였기 때문이다. 베르골료 추기경은 당장 내무장관과 경찰청장에게 전화를 걸었다.

"불안에 휩싸인 시민들을 테러리스트 대하듯 하고 있습니다. 이것은 분명 잘못된 일입니다. 당장 조치를 취해 주십시오."

베르골료 추기경의 항의로 경찰의 부당한 진압은 중단되었다. 호르헤 추기경은 시민들에게도 폭력을 자제하라고 부탁했다. 어떤 경우에도 폭력은 옳지 않다고 생각했기 때문이다.

베르골료 추기경은 경제 위기로 고통받는 사람들을 위해 직접 나섰다. 교구의 자선단체들을 움직여 시민들을 위한 무료 급식소를 만들고, 집을 잃은 사람들이 쉴 수 있도록 쉼터를 열었다. 격

동의 시기를 보내는 시민들에게 믿고 의지할 교회가 있다는 것을 잊지 않도록 알렸다.

"국가의 금융정책이 부실하다고 반대한 죄밖에 없는 노동자들에게 가혹하게 대하지 마십시오. 가난한 사람들은 힘들게 일하면서도 박해를 받습니다. 하지만 부자들은 정의를 실천하지 않고도 갈채를 받는 경우가 많습니다. 이는 옳지 않습니다."

베르골료 추기경은 위정자들을 향해 쓴소리를 하는 것도 두려워하지 않았다. 베르골료 추기경의 이런 노력은 많은 사람에게 좋은 영향을 주었다. 국민은 그를 양심적인 지도자로 인식하게 되었다. 국민뿐만이 아니었다. 모든 것이 갈피를 잡지 못하는 어려운 때였다. 중심이 필요했던 정당 지도자들도 그를 존경하게 되었다.

베르골료 추기경은 일반 사제였을 때도 그랬지만 정치인에게 휘둘리지 않았다. 추기경은 늘 가난한 사람들과 평범한 국민 처지에서 생각하고 행동했다. 또한 옳지 않다고 생각되는 일에 대해서는 단호히 발언했다.

2003년 네스토르 키르치네르 대통령이 경제를 재건하기 위해 다양한 정책을 발표하였을 때도 쓴소리를 서슴지 않았다. 키르치네르 대통령이 펴는 정책이 없는 사람들에게 타격을 줄 수 있었기 때문이다. 키르치네르 대통령의 재건 정책으로 경제 위기는 간신히 극복했지만 청년의 실업률은 여전했다.

베르골료 추기경은 이런 상황을 비판했다. 이에 마음이 상한 키르치네르 대통령은 추기경을 공격했다. 키르치네르 대통령의 공격에 추기경을 존경한다고 아첨하던 정치인들이 슬그머니 등을 돌렸다. 겉으로는 베르골료 추기경 일에 협조하는 듯 행동했지만 대통령 눈 밖에 나지 않으려 조심했다.

살얼음판 같은 나날이 계속되었다. 하지만 베르골료 추기경은 옳다고 생각하는 것에서는 물러서지 않았다. 결국 2005년 5월 25일 키르치네르 대통령은 아르헨티나 독립기념일 기념식을 취소했다. 전통적으로 이 기념식 행사 때는 대통령이 부에노스아이레스의 주교좌성당에서 특별 미사를 드렸다. 하지만 베르골료 추기경과 마주치고 싶지 않아 취소한 것이다.

이후에도 베르골료 추기경은 키르치네르 대통령이 언론 매체를 조작과 선전에 이용하는 것을 비판했다. 키르치네르 대통령이 실업과 빈곤 분야의 설문조사를 조작해 발표하고, 세계 경제를 평가하는 국제기구에도 조작된 수치를 보고했기 때문이다. 베르골료 추기경은 자신들의 이익을 위해 국민의 눈과 귀를 가리는 정부를 두고만 볼 수 없었다.

베르골료 추기경은 늘 온화하고 따뜻했지만 엄격함을 동시에 가지고 있었다. 그러나 그는 매우 자비로운 사람이었다. 키르치네르 대통령과 추기경의 악연은 대통령의 죽음으로 끝을 맺었다. 2010년 10월 대통령이 사망하자 베르골료 추기경은 그의 죽음을 진심으로 슬퍼했고 추도 미사를 봉헌했다.

가난한 사람들과 함께하는 추기경

마음을 다해 사람들의 이야기를 들어주고, 질퍽
거리는 진흙탕 길을 함께 걸었다. 크리스마스가
되면 빈민촌 사람들을 위해 직접 요리를 하기도
했다. 어려움이 있는 곳이라면 낮과 밤을 가리
지 않고 달려갔다.

추기경으로서 늘 바쁜 일상을 보냈지만 베르골료 추기경이 시간을 내어 자주 가는 곳이 있었다. 바로 4만 5,000여 빈민이 사는 판자촌이었다.

"추기경님 오셨다!"
"호르헤 신부님, 저랑 사진 찍어요."

베르골료 추기경이 버스에서 내리면 수많은 사람이 그를 에워 쌌다. 언제 보아도 반가운 사람인 베르골료 추기경은 판자촌에 사는 많은 사람에게 위안이고 희망이었다.

판자촌 주민의 반 정도가 추기경과 찍은 사진이 있을 정도로 베르골료 추기경은 그곳에서 많은 시간을 보냈다. 베르골료 추기경은 사람들과 함께 미사를 드리고 빨대를 꽂아 마테차를 마시며 그들 이야기에 진심으로 귀를 기울였다.

"추기경님, 오늘은 제 이야기 좀 들어주세요."
"추기경님, 제 이야기도 들어주세요."

도시의 가장 위험한 곳에 속하지만 베르골료 추기경은 몸을 사리지 않았다. 마음을 다해 사람들 이야기를 들어주고, 질퍽거리는 진흙탕 길을 함께 걸었다. 크리스마스가 되면 빈민촌 사람들을 위해 직접 요리를 하기도 했다.

에이즈 환자들을 방문해 그들의 발을 씻어주는 일도 서슴지 않았다. 마약 중독자들의 재활을 돕기도 했다. 어려움이 있는 곳이라면 낮과 밤을 가리지 않고 달려갔다.

베르골료 추기경은 어린아이를 무척 좋아했다. 특히 미혼모 아이들에게 깊은 관심을 보였다. 사실 일부 사제들은 미혼모 아이에게는 세례를 주지 않았다. 이런 아이는 부모가 법적으로 혼인하지 않은 상태에서 태어났기 때문이다. 베르골료 추기경은 그 사실을 알고는 무척 괴로워하며 이렇게 말했다.

"그것은 옳지 않은 행동입니다. 미혼모들을 지탄하지 마십시오. 그들은 매우 용기 있는 어머니입니다. 그 어머니가 아이의 세례 때문에 상처를 입지 않도록 해주십시오."

베르골료 추기경은 직접 미혼모 아이들에게 세례를 주기도 했다. 베르골료 추기경은 하느님의 자비를 실천하는 일에 앞장섰다. 항상 힘없고 약한 자들 편에 섰으며, 모든 일을 할 때 하느님의 자비를 기준으로 삼았다. 베르골료 추기경이 가장 중요하게 생각하는 것은 어떤 일이든 하느님이 기준이 되는 것이었다. 그래서 베르골료 추기경은 어떤 경우에든 하느님이라면 어떻게 하셨을지 고민하고 행동했다. 그래서 그는 가장 힘없고 약하고 가난한 사람들 편이 됐으며 용서를 아끼지 않는 자비로운 사람이 되었다.

2004년 어느 날이었다. 부에노스아이레스의 한 나이트클럽에서 큰불이 났다는 소식이 들어왔다.

"이런, 아주 큰일이 났군요. 어서 그곳으로 갑시다."

한밤중이었지만 베르골료 추기경은 한걸음에 화재 현장으로 달려갔다. 소방차와 응급차가 오기도 전에 베르골료 추기경이 먼저 현장에 도착했다. 불이 난 현장은 그야말로 아수라장이었다. 무려 175명이 죽고 수백 명이 부상을 입었다. 여기저기서 울음소리와 비명이 끊이지 않았다.

"제 손을 잡으십시오. 제가 도와드리겠습니다."

베르골료 추기경은 고통에 신음하는 환자들을 정신없이 돌보았다. 이런 추기경의 모습은 많은 사람의 가슴에 깊은 감명을 주었다. 베르골료 추기경은 말로만 복음을 전파하는 사람이 아니었다. 직접 손발로 뛰며 많은 사람의 어려움과 아픔을 어루만지고 그들을 위해 기도하고 헌신하고 봉사했다.

조용하고 눈에 띄지 않았던 베르골료 추기경은 점차 사람들 마음을 얻은 것은 물론 다른 추기경들에게도 신임을 얻었다.

프란치스코 교황님과
함께 이야기 나누어요

권위

교황님께

프란치스코 교황님, 안녕하세요? 저는 대한민국에서 사는 박경수라고 해요. 올해 중학교 2학년이 되었어요. 그리고 학급 회장도 되었답니다.

저는 성당에 다니지는 않지만 위인들을 존경하는 편이라 교황님에 대해 알게 되었어요. 인터넷에서 교황님이 많은 사람의 존경을 받는 슈퍼스타라는 글을 보았거든요. 그래서 교황님께 제 고민을 털어놓으려고 이렇게 편지를 쓰게 되었어요. 교황님은 가톨릭에서 제일 높으신 분이고, 다른 사람들의 이야기를 잘 들어주신다고 해서요.

전 앞에서도 말씀드린 것처럼 올해 학급 회장이 되었어요. 전학급 일을 정말 열심히 하려고 했어요. 그래서 회장에 당선되자마자 반 친구들에게 남으라고 했어요. 어떤 아이들은 학원에 가야한다고 안 된다고 했지만 무조건 남으라고 했어요. 학급이 잘 돌아가려면 아이들이 학급의 리더인 회장 말을 잘 따라야 하니까요.

전 반 아이들에게 학급 운영에 대해 이야기했어요. 정말 완벽한 계획이었지요. 아이들이 잘 따라주기만 하면 우리 학급은 최고 학급이 될 수 있었어요. 하지만 쉽지 않았어요. 문제는 아이들이 제 말을 잘 듣지 않는다는 거예요. 다들 학원에 간다는 핑계를 대고 청소를 열심히 하지 않고, 합창대회 연습에도 제 계획대로 참여하지 않았어요.

전 정말 너무 화가 났어요. 회장의 권위를 이렇게 무시해도 되는가 하는 생각도 들었고요. 그런데 교황님 이야기를 들으면서 권위에 대해 생각해 보게 되었어요. 많은 사람이 교황님의 말을 잘 따르고 존경하는 것 같아요. 교황님이 정말 부러워요. 어떻게 해야 교황님처럼 권위 있는 사람이 될 수 있죠?

제 고민에 대한 답을 꼭 주시면 좋겠어요.

경수 군에게

경수 군, 안녕? 호르헤 신부예요. 교황님 대신 편하게 호르헤 신부라고 불러 주세요. 경수 군 편지는 잘 읽어 보았어요. 고민이 무척 많군요.

그런데 내가 권위 있는 사람처럼 느껴졌나요? 그럼 좀 걱정스럽군요. 난 누구에게나 친구 같은 편한 사람이 되고 싶거든요. 권위는 스스로 세울 수 있는 것이 아니에요. 그런데 경수 군이 좋은 리더가 되고자 하는 마음이 크다 보니 권위에 대해 잘못 생각하는 것 같아 안타까워요.

스스로 빛나고자 하거나 높아지려는 사람은 절대 빛날 수도 없고 높아질 수도 없어요. 지위를 막론하고 스스로 낮추려는 사람에게 상대는 존경심을 갖게 되거든요. 또 리더라고 하여 많은 사람을 무조건 무시하거나 내 의견을 주장하면 안 돼요. 내가 이끌어야 하는 사람일지라도 진심에서 우러나온 존경심을 갖고 대할 때 권위도 세워지는 것 아닐까요?

권위에 대하여 이야기해 볼까요?

나는 안타깝게도 일찍부터 리더 자리에 서야 할 때가 많았어요. 누군가를 이끌기에는 많이 부족한데도 하느님은 자꾸 나를 리더 자리에 서게 하셨죠. 그래서 나는 생각했지요. 어떤 리더가 될 것인가 하고요. 내 고민의 결론은 하느님을 닮은 자비로운 리더가 되자는 것이었어요.

리더이기에 권위도 필요하고 엄격함도 필요한 것이 사실이에요.

하지만 권위는 스스로 세울 수 없는 것이에요. 그래서 나는 따뜻함과 엄격함이 함께 있는 리더가 되고자 노력했답니다.

내가 한 실수는 인정하고, 내가 이끌어야 할 사람 한 명, 한 명을 존경하고 진심으로 사랑하려고 애썼어요. 그래서 지위를 막론하고 누구라도 나와 편하게 이야기할 수 있도록 노력했고, 그 위에 서서 군림하거나 명령하지 않고 눈높이를 맞추며 함께하려고 노력했답니다. 진정한 권위는 자리가 가지고 있는 힘이 아니라 그 사람을 대하는 진심과 존경으로 만들어지는 것 아닐까요?

💬 권위란 무엇일까?

권위의 사전적 의미를 살펴보면 다른 사람을 통솔하여 이끄는 힘이라는 것을 알 수 있어요. 어떤 사람들은 다른 사람을 이끄는 자리에 서면 독단적이 되기도 해요. 자신이 리더니까 자기 마음대로 다른 사람들을 이끌어도 된다고 생각하는 거죠.

하지만 진정한 리더는 자기 실수를 인정하며, 자신이 통솔해야 하는 사람들에게 자신을 낮추고 진심으로 대해요. 진정한 권위는 무력이나 강제력으로 위협한다고 세울 수 있는 것이 아니거든요. 또 권위를 지키려면 책임을 다해야 한다는 것도 잊지 말아야 해요.

💬 권위를 버린 사람들

과거에는 권위를 내세우는 사람들이 많았어요. 지도자 위치에 서거나 많은 사람을 통솔해야 하는 자리에 서면 권위를 내세워야 한다고 생각했거든요.

그래서 회장의 방은 으리으리해야 하고, 지도자 위치에 서면 좋은 차를 타고 좋은 옷을 입으며 좋은 음식을 먹어야 한다고 생각했죠.

하지만 요즘에는 권위를 버린 지도자들이 많아요. 대기업 회장인데도 평사원들과 격의 없이 지내거나, 함께 회사 식당에서 밥을 먹는 등의 노력을 하는 사람들도 있거든요.

권위를 버리고 사람들과 소통해 창조력을 이끌어내기 위해서죠. 외국의 대기업들 중에는 이런 노력으로 큰 성과를 거둔 곳도 많아요.

하지만 조직사회에서는 무조건 권위를 버리고 소탈하고 편한 지도자가 되는 것이 옳지 않은 경우도 있어요. 그러면 조직의 체계가 무너질 수도 있거든요.

💬 권위를 깬 아버지들

과거 아버지들은 한 집안의 가장으로 식구들을 먹여 살려야 한다는 책임감 때문에 늘 즐거울 수만은 없었어요. 또 남자에 대한 사회적 시선 때문에 아버지들은 권위적인 경우가 많았어요.

하지만 요즘은 어떤가요?

많은 아버지가 자녀들을 친구처럼 대하지요? 그 결과 자녀들은 아버지와 함께하는 시간을 더 많이 누릴 수 있고, 평생 든든한 후원자를 갖게 되었어요. 참 바람직한 모습이에요.

하지만 역시 존경하고 사랑하며 믿음과 예의를 지키며 따라야 할 존재라는 것은 잊지 말아야겠죠?

💬 함께 생각해 봐요

나는 권위에 대해 어떻게 생각하나요? 권위를 내세우지 않았던 지도자들을 떠올려 보고 그 사람들에 대해 평가해 보세요.

교황이 되다

낮은 자세로 임하는

5

가진 것을 내려놓을 줄 아는 지도자

사람은 누구나 자신이 가지고 있는 것을 어떻게든 지키려고 노력한다. 사람은 대부분 스스로 내려놓으려고 하지 않는다. 다들 일평생 더 많이 가지고 더 높이 오르려고 노력할 뿐이다.

2013년 2월 11일, 베르골료 추기경은 베네딕토 16세가 주재하는 추기경 회의에 참석했다. 추기경들은 베네딕토 16세 교황과 회의하려고 회의실에 모였다. 교황은 조금 피곤해보였지만 평소와 같은 모습으로 회의를 주재하였다. 몇 시간에 걸친 회의를 마친 뒤 추기경들은 교황의 축복을 받기 위해 일어섰다.

"여러분, 잠깐만요. 드릴 말씀이 있습니다. 잠시만 자리에 앉아주십시오."

교황의 말에 추기경들은 모두 어리둥절한 표정을 지었다. 회의를 다 마쳤기 때문에 교황이 어떤 이야기를 꺼내려는지 감을 잡을 수 없었기 때문이다. 추기경들이 다시 자리에 앉자 교황은 차분한 모습으로 종이를 꺼내 읽었다.

"제가 추기경 회의를 소집한 것은 세 분을 시성식하기 위해서만은 아닙니다. 중요한 결심이 있어 그것을 여러분께 말씀드리기 위해서 이 자리를 마련했습니다. 아무래도 저는 베드로 사도직을 수행하기에는 건강이 허락하지 않는 것 같습니다. 물론 제 직무는 말과 행동만이 아니라 기도와 고통으로도 수행해야 한다는 것을 알고 있습니다. 하지만 교회를 다스리고 복음을 전파하려면 영적으로든, 신체적으로든 건강해야 한다고 생각합니다. 그래서 저는 제게 맡겨진 성 베드로의 후계자 로마의 주교 직분에서 물러날 것을 선포합니다. 이로써 2013년 2월 28일 20시부터 성 베드로좌와 로마의 주교좌는 공석이 됩니다. 새로운 주교를 선출하기 위해 법적으로 자격을 갖춘 추기경들이 모이는 콘클라베가 열릴 것입니다.

그동안 제 직무와 관련해 아낌없는 사랑을 보여 주고 지원해 주었습니다. 하지만 저는 여러모로 부족한 사람이었습니다. 용서해 주시기 바랍니다."

교황 이야기가 끝나자 회의실 안에는 정적만 흘렀다. 갑작스러운 교황 이야기에 베르골료 추기경을 비롯한 많은 추기경은 아무 말도 하지 못하고 서로 바라보기만 했다. 교황의 사임이라니! 충격적이었다. 교황이 살아 있으면서 스스로 사임한 일은 1415년 이래 일어나지 않았다.

1415년 교황 그레고리 12세는 스스로 사임을 표명했다. 그는

1378년 이래 계속되어 온 동서교회의 분열을 종식하려는 방책으로 교황직을 사임했다. 교황은 일반적으로 선종할 때까지 임무를 수행한다. 베네딕토 16세 교황처럼 교황이 살아생전에 교황직을 사임하거나 포기하는 일은 매우 드물었다.

추기경들이 충격에서 벗어나지 못하고 있을 때 추기경단 의장 안젤로 소다노 추기경이 준비한 내용을 읽었다. 이미 그는 교황의 뜻을 알고 있었다. 교황의 뜻을 받들어 교황 사임을 받아들이겠다는 내용이었다.

교황은 교회에서 최고 권한을 행사하는 사람이다. 그렇기 때문에 교황으로 선출된 이후 교회 안에서 그의 사임을 수락할 수 있는 사람은 아무도 없었다. 교황을 선출할 자격이 있는 추기경단이라 할지라도 그의 사임을 허락할 수 있는 것이 아니다.

교황이 스스로 사임할 수 있는 경우는 교회법에 명시되어 있다. '교황이 임무를 사퇴하려면 유효 요건으로서 사퇴가 자유로이 이루어지고 올바로 표시되어야 하지만 아무한테도 수리될 필요는 없다.' 여기서 말하는 두 가지 요건은 첫째, 교황의 자유 의지로 사임해야 한다는 것이다. 즉 누군가의 강압적인 제재나 협박으로 물러날 수 없다는 이야기다. 둘째, 교황의 사임은 표명되거나 공적 절차를 갖추어야 한다. 이 두 가지 요건이 충족되면 교황은 사임할 수 있다.

교황 베네딕토 16세는 이 두 가지를 충족했고, 2005년 요한 바오로 2세의 뒤를 이어 제265대 교황으로 선출된 지 8년 만에 교황 자리에서 물러났다. 사실 2005년 교황으로 선출될 당시 이미 베네딕토 16세 교황은 일흔여덟 살의 노령이었다.

요한 바오로 2세가 선종한 이후 열린 콘클라베에서 선출된 사람은 베네딕토 16세, 즉 요제프 라칭거였다. 그는 추기경단의 수석 추기경으로 요한 바오로 2세 교황 재임 시절 교황청 신앙교리성 수장을 지냈다.

그는 독일 바이에른 출신으로 엄격한 가톨릭 집안에서 성장했다. 또래 아이들과 비슷한 성장 과정을 거친 후 1945년에 잠시 미군 포로가 되었다가 석방되었다. 그 후 그는 사제 수업을 받았다. 사제 수업을 마친 후에는 교수 자격을 취득해 바티칸 공의회에서 신학자문위원으로 활동하기도 했다.

교황이 된 뒤 그의 통치 방식은 요한 바오로 2세와 비슷했다. 낙태와 안락사를 거부했으며, 교회가 세속주의에 흔들리는 것을 막으려고 애썼다. 요한 바오로 2세가 공산주의와 싸웠다면, 베네딕토 16세는 세속주의와 싸웠다고 할 수 있다. 오랜 시간 신학자로 살아온 그는 뛰어난 지적 능력과 도덕적 강인함, 날카로운 논변을 갖춘 사람이었다.

베네딕토 16세의 결심이 세상에 알려지자 전 세계가 떠들썩해졌다. 베네딕토 16세는 20세기 가장 뛰어난 신학자로, 교황으로서 봉사해 왔다. 하지만 교황의 사임에 대해 안 좋은 시선도 많았다. 베네딕토 16세 재임 시절 바티칸에 안 좋은 일이 몇 가지 있었기 때문이다. 바티칸 은행과 관련된 스캔들과 교황청 내에서 일어난 고위 성직자들의 부정부패 관련 사건이 그것이다. 한쪽에서는 교황 베네딕토 16세가 이런 일련의 스캔들 이후 사임을 결정했다는 추측을 내놓기도 했다.

정말 베네딕토 16세는 스캔들에 따른 위기 때문에 스스로 물러났을까? 그렇지 않다. 오히려 교황 베네딕토 16세의 사임은 큰 가르침이며 교회와 세상에 주는 교황의 마지막 선물과도 같다. 베네딕토 16세가 교황직에 선출된 이후 추기경들에게 처음으로 한 연설을 떠올려보면 이를 더 잘 알 수 있다. 베네딕토 16세는 "나 자신을 빛내는 것이 아니라 그리스도의 뜻을 더욱 빛나게 해야 한다"라고 했다. 이 말을 잘 새겨보면 베네딕토 16세의 결정 사람은 누구나 자신이 가지고 있는 것을 어떻게든 지키려고 노력한다.
사람은 대부분 스스로 내려놓으려고 하지 않는다.
베네딕토 교황의 결정은 권위와 기득권을 가진 수많은 사람에게 큰 깨달음을 주는 행동이다.

이 어떤 의미인지 알 수 있다.

사람은 누구나 자신이 가지고 있는 것을 어떻게든 지키려고 노력한다. 사람은 대부분 스스로 내려놓으려고 하지 않는다. 다들 일평생 더 많이 가지고 더 높이 오르려고 노력할 뿐이다. 사실 사람이라면 자신이 가진 것을 내놓거나 내려놓으려는 행동을 하기는 쉽지 않다. 이는 종교인이라 할지라도 마찬가지다. 성직자 역시 나약한 사람일 뿐이기 때문이다. 하지만 이 땅에 왔던 예수 그리스도는 어떠했는가? 그야말로 자신의 기득권과 권위를 모두 내려놓고 죄 많은 사람들을 위해 스스로 십자가에 매달렸다.

가톨릭교회의 진정한 의미를 생각해 본다면 베네딕토 16세 교황의 결정은 권위와 기득권을 가진 수많은 사람에게 큰 깨달음을 주는 행동이다.

콘클라베

교황은 가톨릭교회의 수장 역할만 하는 것이 아니다. 수많은 전임 교황이 전 세계 평화를 위해 헌신하고 봉사하면서 정신적 리더로서 활동해 왔다. 그렇기에 새로운 교황이 누가 될지에 관심이 모아질 수밖에 없었다.

3월 1일, 베네딕토 16세 교황이 자리를 비운 첫날이 밝았다.

"새 교황을 선출하기 위해 총회를 열겠습니다. 전 세계 모든 추기경에게 3월 4일 열리는 총회에 참석해달라는 내용의 공문을 보내주세요."

추기경단 의장이자 요한 바오로 2세 재임 중 국무원장을 지낸 안젤로 소다노 추기경은 지체 없이 총회를 소집했다.

교황이 자리를 비우자마자 새 교황 선출을 위한 총회를 진행하는 것이 너무 빠른 것이 아닌가 생각하는 사람들도 있었다. 그러나 베네딕토 16세 사임에 따른 교황 부재는 특수한 경우였다. 교황이 스스로 사임했기 때문에 이전 교황들 서거 후 가졌던 애도 기간은 갖지 않기로 했다. 이전 교황들의 경우 서거 후 9일간 애도 기간을 갖고 교황 부재가 시작된 뒤 최소 15일을 기다렸다.

이번에는 교황이 생존해 있기 때문에 콘클라베(Conclave)가 시작되기까지 기다려야 할지 말아야 할지 고민스러울 수밖에 없었다. 그러나 다행히 현명한 베네딕토 16세는 사임 전 교황 부재에 대한 법을 약간 수정해 놓았다. 그래서 추기경단은 투표 시작 일을 변경할 수 있었다.

콘클라베는 '열쇠로 잠그는 방'이라는 뜻의 라틴어로 추기경들의 비밀회의를 뜻한다. 하지만 비밀회의라는 뜻보다는 교황 선거라는 의미로 더 잘 알려져 있다. 교황 선거인인 추기경들이 외부 간섭 없이 비밀 투표장인 시스티나 성당 문을 걸어 잠그고 선거하기 때문이다.

교황을 선출하기 위한 콘클라베에는 여든 살 미만 추기경만 참석할 수 있다. 하지만 그전에 열리는 총회는 콘클라베에 참석하지 않는 추기경들도 모두 모이는 중요한 자리다. 이 총회에서 새로운 교황을 선출하기 위해 콘클라베 시작 날짜도 정하고, 성 베드로의 후계자로 적격한 사람이 누구인지도 가늠하기 때문이다.

언제부터 교황을 선출했는지 살펴보기는 매우 어렵다. 교황의 역사를 살피면 우리는 첫 교황을 베드로라고 짐작할 수 있다. 하지만 베드로는 자신을 교황이라 칭하지 않았다. 또 베드로의 뒤를 이은 초기 교황들에 대해서는 알려진 것이 별로 없다. 누가 베드로의 뒤를 이어 로마 공동체를 대표했는지 확실하게 알 수 있는 사료들이 없기 때문이다.

콘클라베는 서기 1000년이 지난 뒤에야 제정되었다. 그전에는 교황을 선출할 때 성직자와 신도가 함께 참여했으며, 로마의 황제들과 독일의 왕들이 엄청난 영향력을 펼쳤다. 그래서 어떤 교황은 살아생전에 후계자를 미리 정해두기도 했다.

수많은 사건과 사고를 거친 후 서기 1000여 년이 지나 교황 선출 법령이 제정되고, 선거인단으로 추기경들이 정해졌다. 사료로 확인할 수 있는 최초의 교황 선출 콘클라베는 1241년에 열렸다.

다행히 시간이 지날수록 교황 선출을 위한 콘클라베는 안정적으로 자리 잡았다. 그 어떤 권력에도 휘둘리지 않고 가톨릭의 수장을 선출할 수 있는 제도로 다져졌다. 이후 등장한 교황부터 '그리스도의 대리자'로 신과 인간 사이에 위치하는 존재로 여겨졌고, 그들에 대한 자세한 기록도 등장했다.

베르골료 추기경도 총회에 참석하기 위해 로마로 갔다. 새로운 교황이 탄생하는 역사적 순간이기 때문에 전 세계 언론은 바티칸으로 모여드는 추기경들에게 많은 관심을 보였다. 또 후임 교황에 대한 억측과 소문이 난무했다.

드디어 3월 12일 교황 선출을 위한 콘클라베가 열렸다. 이른 아침 베르골료 추기경과 각국에서 모인 추기경들은 성녀 마르타의 집에 도착했다. 성녀 마르타의 집은 바티칸 숙소로 콘클라베 동안 전 세계에서 모인 추기경의 숙소로 이용된다.

교황 선거인단인 추기경 115명은 숙소에 짐을 푼 뒤 콘클라베에 들어가기 전 성 베드로 대성당에서 교황 선출을 위한 미사를 봉헌했다. 미사는 추기경단 의장인 소다노 추기경이 집전하였다.

미사를 마치고 오후 3시가 지나자 진홍색 수단을 입은 추기경들이 시스티나 성당으로 이동했다. 마치 진홍색 물결이 춤을 추는 것 같은 풍경이었다. 추기경들이 시스티나 성당으로 이동하는 모습은 세계 전역으로 생중계되었다. 전 세계의 관심이 집중된 가운데 새로운 교황을 선출하기 위한 콘클라베가 시작되었다.

전 세계 국민이 가톨릭을 믿는 것은 아니지만 가톨릭교회의 수장인 교황 선출에 갖는 관심은 남다를 수밖에 없었다. 교황은 가톨릭교회의 수장 역할만 하는 것이 아니다. 수많은 전임 교황이 전 세계 평화를 위해 헌신하고 봉사하면서 정신적 리더로서 활동해 왔다. 그렇기에 새로운 교황이 누가 될지에 관심이 모아질 수밖에 없었다.

시스티나 성당으로 이동한 추기경들은 자리를 잡고 성령 찬미가를 불렀다. 그 후 한 사람씩 성당 중앙에 위치한 복음서가 있는 곳으로 걸어 나왔다. 드디어 베르골료 추기경 차례가 되었다. 베르골료 추기경이 콘클라베에 참석한 것은 2005년 이후 두 번째였다. 베르골료 추기경은 차분한 목소리로 맹세를 했다.

"콘클라베 규칙에 따라 비밀유지를 포함한 법규를 충실히 그리고 양심적으로 준수하겠습니다. 또 만약 내가 베드로 사도직에 선출된다면 전 세계 교회의 사목자로 베드로 사도직을 충실히 수행하고, 교황청의 자율권은 물론 영적 그리고 현실적 권리까지

강력히 보호할 것을 맹세합니다."

드디어 마지막 추기경까지 미켈란젤로의 「최후의 심판」 그림 아래서 맹세를 마쳤다. 교황 전례 담당관 귀도 마리니 몬시뇰이 자리에서 일어나 명령을 선언했다.

"엑스트라 옴네스!"

엑스트라 옴네스는 콘클라베에 직접 관련이 없는 사람은 모두 성당 밖으로 나가라는 뜻이다. 선언이 성당 안에 울려퍼지자 콘클라베와 직접 연관이 없는 사람들이 하나둘 시스티나 성당 밖으로 나갔다.

드디어 추기경단만이 성당에 남았다. 엄숙하고 거룩한 시간이 시작되었다. 몬시뇰은 문 앞으로 걸어 나가 성당 문을 잠갔다. 드디어 콘클라베가 시작된 것이다.

프란치스코 교황 1세
평화와 겸손, 봉사의

'프란치스코'라는 교황명을 선택한 것은 어떤
의미일까? 성 프란치스코가 평생에 걸쳐 보여
준 가난, 평화, 겸손, 봉사를 모토로 삼겠다는
의미 아닐까.

성당 밖과 안 모두 긴장 속에 시간이 흘렀다. 전 세계 12억 명이 넘는 신자를 비롯해 수천, 수억만 명이 숨죽이고 새로운 교황의 탄생을 기다렸다.

콘클라베가 시작되고 하루가 지나 3월 13일이 되었다. 여전히 시스티나 성당 굴뚝은 잠잠했다. 새로운 교황이 선출되면 교황 선출을 알리는 하얀 연기가 시스티나 성당 굴뚝에 피어오른다. 하지만 콘클라베가 시작되고 하루 만에 연기가 피어오른 적은 단 한 번도 없었다. 새로운 교황 선출을 위한 회의는 쉬운 일이 아니었기 때문이다. 짧게는 2일에서 길게는 5일 정도 회의와 투표를 거친 후 교황이 선출되곤 했다.

베르골료 추기경도 침착하게 선거에 임했다. 사실 사람들에게는 잘 알려지지 않았지만 2005년 교황 선출 때 베네딕토 16세의 뒤를 이어 표를 많이 받은 사람이 바로 베르골료 추기경이었다. 베르골료 추기경은 유명하거나 이슈를 몰고 다니는 사람은 아니었다. 하지만 지도자로서 그의 능력과 훌륭한 성품 등은 이미 인정받고 있었던 것이다.

투표 결과를 집계하던 추기경들 얼굴에 미소가 번졌다. 다섯 번 투표 끝에 한 후보에게 과반수의 표가 모아진 모양이었다. 드디어 신임 교황이 선출된 것이다. 묵묵히 네 번 투표에 참여한 추기경들도 술렁거렸다.

"투표 결과를 전하겠습니다. 신임 교황은 바로 호르헤 마리오 베르골료 추기경입니다. 필요 득표수 과반수의 압도적 표로 베르골료 추기경께서 신임 교황이 되셨습니다. 축하드립니다."

베르골료 추기경은 뜻밖의 결과에 멍한 상태가 되었다.

"오, 베르골료 추기경, 아니 교황님 축하드립니다."
"축하합니다."
"축복합니다."

주변에 앉아 있던 추기경들이 박수를 치며 축하 인사를 건네자 베르골료 추기경은 그제야 상황이 파악되었다. 자신이 제266대 교황으로 선출된 것이다.

"하느님께서 여러분이 하신 일을 용서해 주셔야 할 텐데 말입니다."

베르골료 추기경의 말에 추기경들이 폭소를 터뜨렸다. 항상 겸손한 자세로 살아온 베르골료다운 인사말이었다. 추기경 115명은 박수를 치며 새 교황이 된 베르골료 추기경을 환호했다.

베르골료 추기경이 교황으로 선출된 것은 놀라운 일이었다. 베르골료 추기경은 전임 교황 선출 때 교황 다음으로 득표를 많이 하긴 했다. 하지만 언론에 많이 알려지지 않았기 때문에 베르골료 추기경이 강력한 후보로 거론되지는 않았다. 오히려 안젤로 스콜라 추기경이나 마크 웰렛 추기경이 강력한 후보로 거론되었다. 그런데 예상 밖의 결과가 나온 것이다.

베르골료 추기경이 강력한 교황 후보로 거론되지는 않았지만 그가 교황으로 선출되자 많은 추기경이 고개를 끄덕이며 결과에 만족했다. 베르골료 추기경이 그동안 보여준 행동으로 모든 것이 설명되었기 때문이다.

"가난한 사람을 잊지 마세요."

베르골료 추기경 옆에 앉아 있던 우메스 추기경은 교황으로 선출된 베르골료 추기경을 안고 입 맞추며 말했다. 순간 베르골료 추기경은 우메스 추기경의 말을 가슴에 깊이 새기며 아시시의 프란치스코를 떠올렸다. 아시시의 프란치스코는 오랜 시간 수많은 사람에게 사랑받아온 성인이다.

"교황님, 교황명은 정하셨나요?"

여러 가지 생각에 빠져 있는 베르골료 추기경에게 조반니 바티스타 레 추기경이 다가와 물었다. 이제 막 교황이 된 베르골료는 조금도 고민하지 않고 대답했다.

"프란치스코로 하겠습니다."

이제 막 프란치스코 교황이 된 베르골료 추기경이 대답하자 프란치스코회 출신 추기경뿐만 아니라 수많은 추기경이 박수를 쳤다. 거의 1,000년간 새로운 교황명이 나오지 않았다. 베르골료 추기경은 프란치스코를 교황 이름으로 선택한 첫 번째 교황이 된 것이다.

교황이 되면 존경하는 성인이나 전임 교황 가운데 이름을 골라 교황명을 정해야 한다. 베르골료 추기경이 교황명으로 선택한 프란치스코는 어떤 인물일까? 성 프란치스코는 이탈리아에서 부유한 상인의 아들로 태어났다. 한때 기사를 꿈꾸기도 한 그는 전쟁에 참가했다가 병을 얻어 병상 생활을 오래 했다. 병세가 호전되자 1년 후 다시 군대에 지원한 그는 전쟁터에서 놀라운 영적 체험을 하고 하느님께 자기 삶을 바치기로 결심했다.

이후 프란치스코는 부와 명예를 버리고 가난과 결혼한 채 복음을 전하며 살았다. 그의 삶에 감명받은 사람들이 그를 따르기 시작했고, 수도회를 결성해 함께 생활하게 되었다. 그는 규칙을 만들어 생활하며 하느님의 사랑을 실천하였다. 그가 만든 수도회는 교황한테 인정받아 프란치스코회가 되었다. 마흔네 살 때 죽음을 맞이한 후 교황 그레고리 9세가 성인으로 시성했다.

성 프란치스코는 평생 가난하게 살며 빈부와 인종, 종교를 초월해 많은 사람을 친구로 받아들이고 복음을 전파했다. 어떤 상황에서도 평화를 전하려고 노력하며 평생 작은 사람으로 살고자 한 그의 삶은 많은 사람에게 감명을 주었다. 교황명에는 명칭 이상의 뜻이 담겨 있다. 그가 앞으로 어떤 통치를 해나갈지에 대한 중요한 의미가 담겨 있기 때문이다. '프란치스코'라는 교황명을 선택한 것은 어떤 의미일까? 성 프란치스코가 평생에 걸쳐 보여 준 가난, 평화, 겸손, 봉사를 모토로 삼겠다는 의미 아닐까.

"이제 눈물의 방으로 가서 옷을 갈아입으시죠."

프란치스코 교황은 교황 선출 후 진홍색 추기경복을 벗고 하얀색 교황 옷으로 갈아입는 곳인 눈물의 방으로 갔다. 교황이 옷을 입으러 가자 추기경들은 서둘러 신임 교황 선출을 알렸다.

드디어 시스티나 성당 굴뚝에서 하얀 연기가 피어올랐다. 성 베드로 광장에 모인 군중은 무려 15만 명에 달했다. 굴뚝에서 하얀 연기가 피어오르자 수많은 사람이 박수를 치며 환호했다. 그리고 이제 신임 교황이 모습을 드러낼 빨간 커튼이 드리워진 중앙 창문을 바라보았다.

그 시각, 프란치스코 교황도 옷을 갈아입고 대중 앞에 나설 준비를 했다.

"아니요, 전 그냥 흰 제의를 입겠습니다."

추기경들은 조금 놀랐지만 교황의 뜻에 따르기로 했다. 프란치스코 교황이 추기경이 되었을 때 전임 추기경의 옷을 손수 고쳐 입었다는 소문을 들었기 때문이다. 프란치스코 교황은 전례 담당자가 가져온 장미색 제의 대신 흰색 제의를 입었다. 또 평소 하던 대로 은제 목걸이를 목에 걸었다.

"이제 추기경단에게 순명서약을 받으실 차례입니다."

옷을 갈아입은 프란치스코 교황은 사람들에게 인사하기 전에 추기경들을 만나러 갔다. 대중에게 인사하기 전에 추기경단에게 순명서약을 받아야 했기 때문이다. 교황이 성당 중앙 자리에 앉으면 추기경들이 한 명씩 그 앞으로 나와 순명서약을 하는 것이 순명서약의 순서이다. 그런데 프란치스코 교황은 자리에 앉지 않고 성당 바닥으로 내려와 섰다.

"교황님, 저기 의자에 앉으셔야 합니다."

마련된 의자에 앉지 않고 성당 바닥으로 내려온 프란치스코 교황을 보며 모두 어리둥절한 표정을 지었다. 하지만 프란치스코 교황은 빙그레 웃으며 대답했다.

"아니요, 전 추기경들과 같은 자리에 서서 서약을 받겠습니다."

추기경들은 또 한 번 놀랐다. 프란치스코 교황은 전임 교황들처럼 의자에서 추기경들의 순명서약을 받는 대신 추기경들과 같은 자리에 선 것이다. 이런 교황의 행동은 추기경들 위에 서는 것이 아니라 추기경들과 함께하겠다는 뜻으로도 볼 수 있었다. 그리고 순명서약을 받은 다음에는 한 사람 한 사람 포옹하였다. 그런 교황 모습에 추기경들은 다시 한 번 자신들의 선택이 얼마나 옳았는지 깨달았다.

욕심을 부리지 않는 것은 노력하면 누구나 할 수 있다. 특히나 세속의 욕망을 포기한 성직자라면 더욱 그렇다. 나누고 베풀고 포기하는 것이 성직자의 도리라 생각하기 때문이다. 하지만 어떤 지위에 오르면 자신이 응당 누려야 할 것들을 아무렇지도 않게 포기하기는 쉽지 않다. 성직자 지위가 올라가면 그만큼 책임과 봉사, 헌신 의무도 커진다. 그렇기에 성직자라 할지라도 높은 지위에 올라가면 응당 누리게 되는 것들이 있고, 그것에 이의를 제기하는 사람은 없다. 그래서 지금껏 사람들은 특혜가 아니라 가톨릭교 수장이 된 사람이 누려야 할 당연한 것으로 여겼다. 그런데 프란치스코 교황은 달랐다. 그는 어떤 상황에서도 겸손하고자 노력했다. 아니 그는 겸손이 몸에 밴 사람이었다.

"이제 로지아로 가시지요."

드디어 새로운 교황이 대중에게 모습을 드러낼 차례가 되었다. 8시 10분, 굳게 닫혀 있던 문이 열렸다. 베드로 광장에 모인 15만 군중은 숨을 죽이고 문을 바라보았다.
선임 부제급 추기경 장 루이 타우란 추기경이 모습을 드러냈다.

"기쁨으로 여러분께 알립니다. 교황이 선출되었습니다! 프란치스코를 교황명으로 선택하신 호르헤 마리오 베르골료 추기경이십니다."

베르골료 추기경의 이름이 발표되자 군중은 술렁거렸다. 낯선 이름이었기 때문이다. 언론도 마찬가지였다. 하지만 곧 모습을 드러낸 새 교황을 보자 군중 사이에서는 뜨거운 환호와 박수갈채가 쏟아졌다.

"형제자매 여러분, 안녕하십니까?"

프란치스코 교황의 첫인사였다. 인사와 함께 오른손을 들어 흔드는 신임 교황을 보며 사람들은 매우 놀랐다. 하지만 놀람은 곧 환호로 이어졌다. 모두 알아차릴 수 있었다. 새로운 교황이 지금까지 만난 교황과 아주 다른 사람이라는 것을. 새 교황의 인사는 지금껏 보아온 교황들의 첫인사와 달랐기 때문이다. 보통 교황은 두 팔을 들어 올리며 신자들에게 인사했다. 그런데 프란치스코 교황은 오른손만 들어 친근하게 인사했다.

"제가 여러분을 위해 기도하기 전에 먼저 부탁을 드리려고 합니다. 여러분이 먼저 주님께 저를 위해 기도해 주시기를 청합니다."

교황은 사람들을 향해 자신을 위한 기도를 청하고는 고개를 숙였다. 이런 그의 모습을 본 수많은 사람과 언론은 잠시 침묵할 수밖에 없었다. 신자들에게 먼저 기도를 청하거나 교황이 고개 숙이는 모습을 본 적이 없었기 때문이다. 사람들은 새로운 교황이 얼마나 겸손한 사람인지 다시 한 번 느꼈다.

평화와 겸손, 봉사의 프란치스코 교황 1세

프란치스코 교황

진정한 권위로 존경받는

높은 지위에 올라가면 쉽게 잊는 것이 있다. 작은 행동 하나하나에도 책임을 지고, 자신에게 주어진 특혜나 특권을 당연하게 받지 않는 것이다. 그래서 많은 사람은 프란치스코 교황의 행동에 감동받을 수밖에 없다.

"전 추기경들과 함께 버스를 타고 가겠습니다."

운전기사는 교황의 말에 잠시 멍해졌다. 자기가 잘못 들었나 싶어 교황을 다시 바라보았다. 하지만 잘못 들은 것 같지는 않았다. 그렇다고 교황이 농담할 리도 없어 보였다.

"교황 성하, 제가 할 일은 교황 성하를 모시는 일인걸요."

교황이 되면 전용 운전기사가 교황을 보필하는 것은 당연한 일이었다. 교황의 안전을 위해서도 당연한 일이었다. 운전기사는 몹시 당혹스러웠다. 버스를 타겠다는 교황을 어떻게 받아들여야 할지 난감했다.

자기 눈앞에서 선하게 웃고 있는 사람은 이제 추기경이 아니었다. 방금 전까지는 추기경이었지만 말이다. 이제 그는 전 세계가 주목하는 신임 교황이었다.

"괜찮습니다. 만찬을 하려고 숙소에 가는 길인걸요."

진정한 권위로 존경받는 프란치스코 교황

많은 사람이 높은 지위에 올라가면 사람들에게 조언하고 충고할 수 있는 자리에 서게 된다. 하지만 높은 지위에 올라가면 쉽게 잊는 것이 있다.
작은 행동 하나하나에도 책임을 지고, 자신에게 주어진 특혜나 특권을 당연하게 받지 않는 것이다. 그래서 많은 사람은 프란치스코 교황의 행동에 감동받을 수밖에 없다.

프란치스코 교황은 운전기사를 안심시키고는 추기경들과 함께 미니버스로 이동했다. 추기경들과 함께 만찬을 하려고 숙소로 가는데 굳이 혼자 전용차를 탈 이유가 없다고 생각했다.

교황의 이런 작은 행동 하나까지도 재빠르게 언론을 통해 사람들에게 전달되었다. 전 세계 역시 어리둥절하기는 마찬가지였다. 신임 교황은 달라도 너무 달랐다.

교황의 다른 행보는 다음 날도 이어졌다. 평소처럼 아침 일찍 일어난 교황은 오전 8시쯤 마리아 대성당으로 갔다. 전날처럼 자동차 행렬을 거부한 채 경찰의 선도 차량도 없이 출발했다. 교황의 운전기사는 바티칸 경찰서에서 제공한 메르세데스가 아닌 폭스바겐을 운전해 대성당으로 이동했다.

마리아 대성당 방문은 프란치스코 교황의 공식 업무라기보다는 지극히 개인적 용무였다. 마리아 대성당에는 예수회 창립자인 성 이냐시오 로욜라가 첫 미사를 봉헌한 제대가 있다. 프란치스코 교황은 그 제대 앞에서 기도하려고 마리아 대성당을 방문한 것이다.

마리아 대성당에서 기도를 마친 프란치스코 교황은 바티칸으로 돌아오기 전 만난 임산부에게 축복을 해주었다. 화려한 행렬이 아닌 소박한 교황의 행차를 보고 많은 사람이 깜짝 놀랐다.

프란치스코 교황은 차 안에서도 사람들을 향해 환하게 웃으며 손을 흔들었다. 권위 의식이라고는 찾아볼 수 없었다.

"참, 제가 묵었던 호텔에 들러주시겠습니까?"

바티칸으로 가던 중 프란치스코 교황은 콘클라베 전에 묵었던 호텔에 잠시 들렀다. 프란치스코 교황이 호텔에 들러 한 일은 바로 자신의 숙박비를 계산한 것이었다.

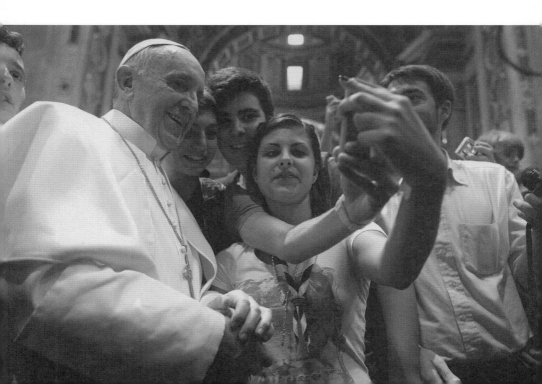

"2주 동안 편안하게 잘 쉬고 갑니다. 친절하게 대해 주셔서 감사합니다."

호텔 프런트 직원들은 자신들에게 인사를 건네는 프란치스코 교황을 보고 깜짝 놀랐다. 교황의 행동을 지켜본 많은 사람은 또 한 번 교황 앞에서 머리를 숙일 수밖에 없었다. 이런 교황의 모습은 신부와 주교뿐만 아니라 많은 사람이 앞으로 보고 배워야 할 좋은 행동이었다. 지위를 막론하고 자신과 관련된 아주 작은 일까지 스스로 챙기는 행동은 아무나 할 수 있는 것이 아니었다. 하지만 분명 배우고 깨달아야 할 행동이었다.

많은 사람이 높은 지위에 올라가면 사람들에게 조언하고 충고할 수 있는 자리에 서게 된다. 하지만 높은 지위에 올라가면 쉽게 잊는 것이 있다. 작은 행동 하나하나에도 책임을 지고, 자신에게 주어진 특혜나 특권을 당연하게 받지 않는 것이다. 그래서 많은 사람은 프란치스코 교황의 행동에 감동받을 수밖에 없다.

프란치스코 교황은 자신이 머물 관저가 마련되는 동안에도 많은 사람에게 깊은 깨달음을 주었다. 교황은 3월 19일에 있을 취임 미사를 손수 꼼꼼히 준비했고, 사람들과 함께 소박하게 차린

점심을 먹었다.

드디어 3월 19일 화요일, 성 베드로 광장에서 프란치스코 교황의 취임식이 있었다. 20만 명이 넘는 군중이 새 교황을 보려고 모였다. 이미 언론은 물론 소셜 미디어와 블로그를 통해 신임 교황의 다른 행보가 전해졌다. 전 세계 사람들은 신임 교황의 일거수일투족에 열광했다. 지금껏 보지 못했던 이례적인 교황의 모습은 가톨릭 신자가 아닌 사람들 마음도 움직이기에 충분했다.

"교황 성하 만세!"
"만세!"

프란치스코 교황이 탄 오픈카가 광장에 등장하자 사람들은 박수와 환호를 보냈다. 오픈카 역시 프란치스코 교황의 다른 모습을 보여 주었다. 전임 교황들은 즉위식 때 방탄유리로 된 차를 타고 베드로 광장을 돌았다. 혹시라도 있을지 모를 사고에 대비하기 위해서였다. 하지만 프란치스코 교황은 오픈카를 탔다. 그래서 사람들은 프란치스코 교황의 손을 잡을 수 있었고, 갓난아기를 교황 품에 안아보게 할 수 있었다.

그뿐만이 아니었다. 프란치스코 교황은 자신을 보기 위해 베드로 광장에 온 장애인들을 위해 차에서 내려 그들에게 다가가 진심을 다해 포옹했다.

간소하게 차려진 제단에 서서 강론을 펼치는 프란치스코 교황의 모습에 많은 사람이 뜨거운 감동을 받았다. 그리고 교황이 앞으로 자신에게 주어진 임무를 누구보다 멋지게 해나가리라는 믿음을 갖게 되었다. 프란치스코 교황은 '가난한 교회와 가난한 이들을 위한 교회'를 위해 노력하고, 평화를 위해 노력하겠다고 얘기했고, 전 세계는 교황의 약속에 진심으로 응원을 보냈다.

그리스도의 대리자이자 베드로의 사제가 된 프란치스코 교황. 그는 설교가 아닌 행동으로 또 삶 자체로 이미 많은 사람을 감동시켰다. 그는 달변을 무기로 사람들의 마음을 휘어잡고 선동하는 사람이 아니다. 오히려 그는 화려하거나 강력한 말투를 사용하는 대신 부드럽고 느린 말투로 사람들 마음을 어루만진다. 또 듣기를 게을리하지 않는다. 지도자 위치에 서 왔지만 지위를 막론하고 자신에게 이야기하는 사람의 이야기를 늘 잘 들어주었다.

모두가 높아지려고만 하는 세상이다. 하지만 권위와 존경은 절대 스스로 만들 수 없다. 강요와 억압으로도 만들어지지 않는다.

프란치스코 교황은 많은 것을 내려놓고, 낮아지는 자세로 진정한 권위와 존경이 무엇인지 깨닫게 해주었다.

동성애와 낙태에 대해서는 보수적으로 생각하지만 미혼모 아기들에게 세례를 주지 않는 사제는 비판하는 따뜻함과 엄격함을 갖추었다. 모든 것의 기준을 하느님과 가난한 교회로 삼고 겸손과 검소한 삶을 몸소 실천하는 프란치스코 교황.

가톨릭의 상황이 좋은 편은 아니다. 여러 가지 스캔들로 얼룩졌고, 믿음만으로 이겨낼 수 없는 상황이 많은 신자를 흔드는 세상이다. 하지만 프란치스코 교황은 재임 기간 가톨릭 신자를 넘어 수많은 사람을 더 많은 감동과 깨달음의 세계로 안내할 것이다.

나눔

프란치스코 교황님께

교황님, 안녕하세요? 저는 미국에서 살고 있는 줄리라고 해요. 저는 성당에 열심히 다니고 있어요. 제 세례명은 클라우디아예요. 프란치스코 교황님이 교황님으로 선출되셔서 정말 좋아요. 성당 수녀님과 신부님께 교황님 이야기를 많이 들었어요. 교황님은 정말 훌륭한 분이신 것 같아요. 저도 교황님처럼 훌륭한 사람이 되고 싶어요. 하지만 그러기엔 제 마음이 너무 부족한 것 같아요.

교황님께 이렇게 편지를 쓰는 이유는 고민이 있어서예요. 아니 고해성사를 하고 싶어서예요. 고해성사는 고해소에서 신부님께 해야 한다는 것을 알아요. 하지만 교황님께 하고 싶어요. 그래서 이렇게 편지를 쓰게 되었어요.

얼마 전에 전 친구에게 큰 거짓말을 했어요. 글쎄, 가장 친한 친구가 저에게 제가 아끼는 가방을 빌려달라고 하지 뭐예요. 단박에 거절하고 싶었지만 그러면 친구랑 다투게 될까 봐 친척이 빌려갔다고 거짓말했어요.

또 선생님이 준비물을 가지고 오지 않은 옆자리 친구와 제 준비물을 나눠 쓰라고 하셨는데 선생님 눈을 피해 준비물을 나눠 주지 않았어요. 제 것을 나눠 쓰는 것이 너무 아까웠거든요.

　교황님은 어떻게 잘 나누시나요? 교황님이 사셔야 하는 좋은 집을 다른 사람에게 나눠 주고, 전용 요리사도 두지 않고, 고급 승용차 대신 지하철이나 버스를 타고 다닌다는 이야기를 듣고 깜짝 놀랐어요. 전 그렇게 할 수 없거든요.

　전 제 것을 나눠 주는 것이 너무 싫어요. 제가 아끼는 물건, 좋아하는 물건을 누군가에게 나눠 주고 빌려 주는 것이 싫어요.

　부모님은 이웃에게 친절하게 대하세요. 성당에서 봉사도 많이 하시고요. 하지만 전 그게 잘 안 돼요. 친구들에게 제 물건을 빌려 주는 것도 싫고, 나눠 주는 건 더 싫어요. 너무 아까워요. 제가 먹어야 할 것, 제가 누려야 할 것을 나눠야 하는 게 싫어요.

　그렇다고 제가 못된 것은 아니에요. 친구를 놀리지도 않고 괴롭히지도 않는걸요. 무거운 것을 들고 가시는 할머니를 보면 도와드리기도 하고요. 그런데 제 것을 나누거나 함께 써야 하는 것은 못 참겠어요.

　교황님, 제가 나쁜 아이인가요?

줄리에게

줄리, 안녕? 난 호르헤 신부랍니다. 프란치스코 교황이라고 불러도 좋아요. 줄리의 진심이 담긴 편지 잘 보았어요.

줄리의 고민을 듣고 나도 곰곰이 생각해 보았답니다. 나는 나눔에 대해 어떤 생각을 하는가 하고 말이지요. 나도 내가 가진 것을 나누며 아깝다고 생각한 적이 없는가 하는 생각도 해 보았고요.

그런데 줄리 양, 사람은 처음에 아무것도 갖고 태어나지 않아요. 살면서 무언가를 갖게 되는 것이지요. 내 것이라고 생각하지만 잘 생각해 보세요. 혹시 다른 사람들에게 양보 받고, 다른 사람이 나눠 준 것을 갖고 있지는 않은가요?

나눔은 사실 내가 가장 행복해지는 일이랍니다. 내가 가져야할 것, 내가 누려야 할 것을 양보하고 나눈다는 것은 쉽지 않아요. 하지만 노력하고 기쁜 마음을 가진다면 나눔으로써 얼마나 더 많이 가지게 되는지 알게 될 거예요. 내가 나눔으로써 다른 사람들이 행복해하는 모습, 고마워하는 모습을 보는 것은 또 다른 큰 기쁨을 주거든요.

💬 나눔이란 무엇일까?

나눔이란 무엇일까요? 자신이 가진 것을 함께하는 것이 나눔 아닐까요? 내가 가진 물건이든, 행복이든, 기쁨이든, 여유든 누군가와 함께하는 것이 나눔인 것 같아요.

나만을 위해 쓸 시간을 쪼개 누군가를 돕고, 내가 먹어야 할 것이나 내가 가져야 할 것, 내가 누려야 할 것을 오롯이 나만을 위해 쓰는 것이 아니라 다른 사람과 함께하는 것. 그것이 바로 나눔인 것 같아요.

그렇다면 우리는 왜 나눠야 할까요? 이 세상은 혼자 살아가는 곳이 아닙니다. 나와 상관없어 보이는 사람들 역시 나와 함께 살아갑니다. 사람은 혼자가 아니기에 누군가를 도울 수도 있고 도움을 받을 수도 있습니다. 모두 더불어 살아가는 사회이기 때문이지요.

그리고 나눔에는 마법 같은 힘이 있답니다. 내 것을 나누어 주는데 오히려 내가 더 많이 받는 듯한 행복과 기쁨을 느낄 수 있거든요.

작은 나눔을 실천하면 함께 살아가는 사회, 함께 웃는 사회, 살맛 나는 사회가 됩니다. 그것이 바로 행복의 시작 아닐까요?

💬 나눔과 기부로 세상을 밝힌 사람들

자신이 평생 모은 재산을 기부하는 사람들 이야기를 가끔 볼 수 있어요. 그런 사람들의 나눔과 기부가 있기에 세상이 더 밝아지는 것 아닐까요?

세상에는 나눔과 기부로 우리가 사는 세상을 더 살맛 나게 만든 사람이 많아요. 자기 재산을 털어 후배들의 장학재단을 만드는 기업인, 자기 재능을 기부하는 예술인, 의료혜택을 받지 못하는 사람들을 위해 휴일마다 산간 지방을 찾아다니며 의료 봉사를 하는 의료인, 재해를 겪거나 전쟁의 아픔을 겪고 있는 사람들을 찾아다니며 도움을 전하는 구호 단체들. 사업가이지만 자기 이익을 위해 기업을 경영하지 않고 일정 금액 이상의 이윤은 사회에 환원하는 기업가들.
개개인의 실명을 하나하나 밝히지는 못하지만 전 세계에는 나눔과 기부로 희망을 잃은 사람들에게 꿈과 희망을 전하는 사람들이 많아요.

💬 **어린이와 청소년이 할 수 있는 나눔과 기부**

그렇다면 나눔과 기부는 돈이 많고 전문 직종에 종사하며 능력이 있는 사람들만 하는 것일까요? 절대 그렇지 않아요.
어린이와 청소년도 할 수 있는 나눔과 기부가 있답니다.
내 시간을 나누어 도움의 손길이 필요한 곳에 가서 봉사하는 것도 나눔과 기부예요. 내가 가진 것을 필요한 친구들과 나눠 쓰는 것도 나눔의 실천이고요.
나눔과 기부를 거창하고 어렵게 생각하지 말고 오늘 당장 실천해 보세요.

💬 **나눔과 기부의 손길이 필요한 곳**

• 고아원, 양로원, 재난을 겪은 사람들
• 뜻밖의 피해를 겪고 있는 사람들

💬 **작은 정성으로 후원할 수 있는 곳**

시간을 내어 나눔과 기부를 직접 실천할 수 없다면 단체를 통해 적은 금액으로도 나눔과 기부를 실천할 수 있어요.

굿네이버스 www.goodneighbors.kr
굶주림 없는 세상, 더불어 사는 세상을 만들기 위해 1991년 한국에서 설립됐어요. 국내 및 해외에서 전문사회복지사업과 국제 구호개발사업을 하고 있어요.

사랑의 재단 www.4rangg.org

시민들의 자발적인 참여와 관심으로 운영되는 비영리 민간 NGO단체예요. 나보다 어려운 이웃을 돕고 싶지만 방법을 모르는 분들과 뜻을 함께하고 있어요.

세이브더칠드런 www.sc.or.kr

전 세계의 빈곤아동을 돕는 국제기구예요. 1919년 영국에서 설립됐으며 교육과 보건, 경제적 지원으로 아동의 권리를 보호하고자 하는 단체예요.

유니세프 www.unicef.org

1946년 12월, 국제연합 총회의 결의에 따라 전쟁 피해 아동과 청소년을 구호하기 위해 설립된 기구예요. 현재 36개국이 가입되어 있어요. 참, 한국은 유일하게 구호를 받던 나라에서 도움을 주는 나라가 되었다고 해요.

💬 **함께 생각해 봐요**

나눔에 대해 어떻게 생각하나요? 진정한 나눔이란 어떤 것일까요?

이 시대가 원하는 희망과 겸손의 리더십

프란치스코 교황

펴낸날   초판 1쇄 인쇄 2014년 7월 10일
        초판 1쇄 발행 2014년 7월 17일

지은이   최형미
펴낸이   최병윤

펴낸곳   리얼북스
주소   서울 마포구 서교동 440-3 미주빌딩 2층
전화   070-4800-1375
팩스   02-334-7049
출판등록 2013년 7월 24일 제315-2013-000042호

ISBN   979-11-950875-6-3 03810